CONTENTS

CROSS NOVELS

CONTENTS

傷だらけの恋情

CROSS NOVELS

火崎 勇

NOVEL:Yuu Hizaki

梨とりこ

ILLUST:Torico Nashi

CROSS NOVELS

傷だらけの恋情

火崎 勇

Illust 梨とりこ

Presented by
Yuu Hizaki
with Torico Nashi

CROSS NOVELS

ざわつく居酒屋の店内。

平日だから、というだけでなく客が少ない。

ここのところあまり客の入りがよくないので、店長はどこか不機嫌だった。

「リョージ、今日はもういいぞ」

店長の言葉に、俺は皿を洗っていた手を止めた。

「でもまだ時間じゃないですけど」

「客が来ないんだ、店員だけ多くたって仕方ないだろう。そろそろ終電だし、これ以上は新規も来ないさ」

「はい」

仕事が早く終わるのは、俺にとってあまりありがたくないことだった。

この、居酒屋『となみ』は俺の職場で、ここの稼ぎ一本でメシを食ってる俺としては、仕事時間が短くなるイコール収入が減るということだからだ。

けれど、無理に居座るわけにもいかないので、途中だった洗い物が終わると、渋々と調理場を離れた。

俺がロッカールームへ入るとすぐ、後を追うようにもう一人の店員である今井《いまい》さんも入ってくる。

「今井さんも上がりですか？」

「ああ。店長と小川《おがわ》だけいればいいってさ。ここんとこ、早じまいが多いよな」

「…ですね」

ユニフォームであるエプロンと店名の入ったTシャツを脱ぎ、お互い背中合わせで私服に着替える。

「俺、別の仕事探すかも」

背後で、今井さんがポツリと言った。

「辞めるんですか？」

「突然クビ切られても困るしな。河北《かわきた》も考えといた方がいいぞ」

「はあ。でも俺、店長にはお世話になってますから」

「お前、親いないんだろう？　うかうかしてると、大変なんじゃないか？」

「はあ…」

「ま、いいや。今の話、店長には内緒な」

「はい」

「じゃ、お先」

今井さんはジャケットを羽織ると、そのますぐに出て行った。

俺も上着を手にしたまま、控室を出る。

さっきよりも一組客が減り、余計寂しくなった店の真ん中を通って、「お先に失礼します」と店長に声をかけて外へ出る。

夜になったら冷えるかと思って上着を持ってきたのだが、思った通りまだ外は心地よい気温で、上着の必要はなかった。

『となみ』のある飲み屋街には、店の明かりが灯《とも》っていたが、人影はなかった。

週末には酔っ払いがうろうろしているのに。

「まずいのかなぁ」

不安な気持ちのままポツリと呟《つぶや》いて、家に向かって歩きだす。

もし今井さんが言うように突然クビを切られたら、どうしよう。

店長は、顔に似合わず優しい人で、大学中退、保証人もいないという俺を快く雇ってくれた。

愛想がいいとは決して言えないけれど、他の店員がいない時なんかは、店の残りを持たせてくれることもある。

アパートからも近いし、できれば、ずっとあの店で働いていたい。

だが長引く不況の風は、自分や店長がどうにかできるものではないのもわかっていた。

駅前を通り過ぎ、コンビニの前を通り過ぎ、暗い道をとぼとぼと歩く。

何棟ものアパートが立ち並ぶ一角にある、昭和《しょうわ》テイスト漂う建物が俺の住むアパートだ。

築三十年ながら、バストイレ付き、２Ｋの立派な部屋だが、ここも古いというだけで住人は少なかった。

二階建て、上下三室ずつなのに、一階は一番右の端が空き室で、残りの二部屋にはそれぞれおじいさんとおばあさんが住んでいる。二階は左端が空き室で、俺の部屋はその一番右端。俺の隣である真ん中の部屋には、笹子《ささご》さんという背の高い男の人が住んでいる。

一階の老人達は年金暮らしだそうだが、笹子さんは何をしているのかよくわからない人だった。　まず絶対サラリーマンではないだろう。

時々姿を見かけるが、肩まであるくせっ毛の髪に不精髭《ひげ》、ラフなスタイルに咥《くわ》えタバコという姿が殆《ほとん》ど。鼻筋の通った整った、大人の男という感じの顔ではあるけれど、どこかたそがれてる印象がある。

活動時間も、昼過ぎに起きて深夜まで働いている俺と顔を合わせるくらいだ。

今日も、一階の郵便受けをチェックしながら二階を見上げると、真ん中の部屋には明かりが灯っていた。

もう日付が変わっているのに。

俺はダイレクトメールと投げ込みのチラシを取り出すと、鉄の階段を上がった。

笹子さんの部屋を通り過ぎて、自分の部屋へ。

腰につけた鍵を取り出してドアを開ける。

真っ暗な部屋には、人の気配はなかった。

「ただいま」

それでも、俺は声をかけてから中へ入った。

明かりを点《つ》け、肩にかけていたメッセンジャーバッグを下ろし、テレビの前へ腰を下ろす。

見たい番組があるわけではないのに、テレビを点けるのは習慣だ。

俺がここへ越してきたのは、大学一年、十八の時だった。正確に言えば、入ったばかりの大学を辞めた時、か。

中学まで、俺、河北亮司の人生は平凡そのものだった。

口うるさい母と真面目《まじめ》なサラリーマンの父。四つ年上の兄考一《こういち》、そして俺、亮司の四人家族。

特別裕福だったわけでもないが、特別貧乏だったわけでもない。借家ながら庭付き一戸建てで、平穏に暮らしていた。

だが、中学に上がった時、俺の人生は軋《きし》み始めた。

理由は、高校生の兄がグレてしまったからだ。

理由はよくわからなかった。

両親は、勉強について行けなくなったのではとか、悪い友達と付き合ったからだとか言っていたが、敢《あ》えてその理由を突き詰めはしなかった。

代わって、『お前だけはお兄ちゃんみたいにならないで』と言う言葉を俺に向けた。

それが兄にとって腹立たしかったのだろう。

家に戻ってくる度「スカした面してんじゃねぇよ」と殴られた。

それでも、まだその頃は兄貴が好きだった。

不良っぽさも、男としては少し憧《あこが》れも感じていた。どうしたら、兄貴と上手《うま》くやっていけるだろうとさえ考えていた。

けれど兄は、物陰からじっと見つめる俺に振り向いてくれることはなかった。

「何見てんだよ。俺をバカにしてんのか？」

とまた殴られた。

やがて兄貴の暴力は、俺だけではなく、両親にも向けられ、家には毎日怒鳴り声が響いた。

「ちゃんとした職につきなさい」

「まともな生活をしろ」

「うるせえな、関係ねぇだろ」

「母さんに心配かけてると思わないのか」

「偉そうなことぬかしてんじゃねぇよ。いいから金出せよ」

聞くに耐えない言葉の数々。

あの頃のことを思い出すと、今も腹の辺りがずしりと重たく感じる。

家のあちこちには父さんと兄貴が争った痕《あと》が傷として残り、父親は家に帰らないことが多く、母親も泣いてばかり。

そんな日々は兄貴が家を出て行ってしまうまで続いた。

兄貴は、親とのケンカに飽きたのか、もっと悪い友達にどっぷり浸《つ》かるためか、突然親の金を持ち出して姿を消してしまったのだ。

その時にはもう成人していたので、親は見て見ぬふりをした。

もう子供じゃないんだから、好きにさせろ、と。

まるで最初から兄貴なんかいなかったかのように、残された家族三人だけの生活。誰もが、兄貴のことを口に出さない見せかけだけの平穏。

それでも、昔のようなありきたりな家庭に戻った時間は悪いものではなかった。少なくとも、俺にとっては。

どこかにいる兄貴と、普通の両親と、平凡な自分。ずっとこのままで行くんだろうな、とぼんやりと思っていた。

兄貴には悪かったけれど、これで普通の生活が送れるのだろうと。

だがその見せかけだけの平穏は、俺が大学に入ってすぐに崩れてしまった。

両親が事故で亡くなったのだ。

悪夢だった。

どうにかこうにか保っていた平穏な日々が、これで完全に姿を消した。

俺は保護者を失い、わずかに残った両親の蓄えは、どこで聞きつけたのか舞い戻ってきた兄貴に奪われた。

借家だった家からは追い出され、もちろん、大学は諦《あきら》めるしかない。

不幸だ、と思った。

どうして俺だけがこんな目に遭うんだろう。

世の中にはこんなにたくさんの人がいるのに。友人達はみんな、普通の生活を送っているのに。

何故自分だけが、突然孤独に突き落とされなければならないんだろう。

何も悪いことなどしていない。

真面目に勉強して、両親の言いつけも守って、変わったことの一つもしていないのに、俺だけが何もかも失ってしまった。

けれど嘆く暇もなく、俺は生きてゆくことを考えなくてはならず、集められるだけの金を集めてアパートでの一人暮らしを始めた。

それがこの部屋だ。

大学中退、これと言った特技も、資格もなく、保証人もいない俺を雇ってくれたのが、『となみ』の店長だ。

料理の仕方と、人との会話の仕方さえ覚えれば、何とか生きて行ける。

店長はそう言ってくれた。

特別優しくされたり同情してくれたりはしないけれど、包丁を持ったことすらなかった俺が、厨房《ちゅうぼう》で料理をこなすまでになれたのは、店長のお陰だ。

それでも、生きてゆくだけで精一杯だった。

友達と遊ぶことも、旅行に行くことも、成人式だって関係ない。

ただひたすら働いて、今日を生き延びる。

『家』を失ってから、楽しい、と感じることもなかった。

でもまあ、生きてさえいれば、いつかは何かが起こるかもしれない。

悪いことがこんなに続いたのだから、少しぐらいはいいことだってあるだろう。

……そう思わなければやっていられない。

「さて、と。寝るか」

俺は点けていたテレビを消そうとテーブルの上のリモコンに手を伸ばした。

「あ、いけね。鍵かけてなかった」

こんなボロアパートに泥棒もないだろうが、自分にはたった一つだけ警戒しなければならないことがある。

そう思って玄関先へ目をやると、そのたった一つ警戒しなければならない者が、そこに立っていた。

「相変わらずシケてんな」

柄物のシャツに、派手なスーツ。

自分とよく似た、少し痩《や》せた顔。

「兄さん…」

一番歓迎したくない来客が、入っていいかと問いかけることもなくズカズカと入って来る。

「止《や》めろよ、何するんだよ」

そしてそこに置いてあった俺のメッセンジャーバッグを取り上げると、いきなりファスナーを開けて手を突っ込んだ。

その手に、俺の財布が握られている。

「止めろ！」

慌てて立ち上がりその手を摑《つか》んで止める。

だがその途端、腕が払われ、突き飛ばされた。

「うるせぇな。ガタガタ言うなよ、兄弟だろ」

「弟から金を盗むのが兄貴かよ」

「何だと？」

ギラギラとした目がじろりと俺を睨《にら》んだかと思うと、突き飛ばされて倒れていた俺の腹の上に兄貴の足が乗った。

「…うっ」

容赦なく加えられる力が内臓を圧迫する。

「はした金で文句言うなよ。ちょっとばっかり手持ちが足りなくて困ってるんだ。弟なら助けるのが当然だろ？」

腹の上の足に力を加えながら、猫撫《な》で声で言う。その顔には下卑た笑みが浮かんでいた。

「金がないなら、自分で働けばいいだろ」

言った途端、腹を踏んでいた足で顔を蹴られた。

「…っ！」

兄貴は、俺より背が高い。

「いんだよ、お前が働くんだから」

人を殴ることに、俺を痛めつけることに慣れている。

「俺がいなくなってから、親父達に可愛がられただろ？　その分の埋め合わせだと思えよ」

俺は、人を殴ったことも蹴ったこともなかった。

叩《たた》かれれば痛いことも、人が簡単に死んでしまうことも知っている。

だから子供の頃の、ちょっと不良な兄に対する憧れなんて、もうとっくに消えうせて、どこでのたれ死んでもいいと思うようになっても、抵抗ができない。

「遺産、持ってっただろ。保険金だって、貯金だって、車だって」

兄貴は、勝手に俺の実印を作って登録し、財産放棄の書類に押してしまった。残されたのは俺名義のものだけで、その金で俺はここへ移ってきたのだ。

「そりゃしょうがねぇよ、俺が長男だからな」

「ドロボウだ」

言った顔が殴られる。

殴られるとわかっていながら、言わずにはいられなかった。

「弟の金を奪いに来るくらいなら、自分で働けばいいだろ」

だって、今は兄貴が憎い。

何ごともないように過ごしていたけれど、両親はちゃんと兄貴のことを心配していた。俺に隠れて、兄貴に金を与えてることも知っていた。

いなくなった兄貴の部屋を、ちゃんと片付けていた。

なのに兄貴は葬式の席で『金づるがなくなったなぁ』と言ったのだ。

あの時、俺はもう兄貴がまともじゃないんだとわかったのだ。

両親が亡くなったら、帰ってくるかと思っていた。

もう二人きりの兄弟だから、今度は助け合って生きていこうって言ってくれると思っていた。

でも打ちひしがれてる俺を騙《だま》して遺産を奪った後、兄貴はまた姿を消してしまったのだ。

せめてて兄貴がいれば、成人している人間が保護者としてついていてくれることになる。そうすれば、アパートだってもっといいところが借りられた。仕事だってもっと選択肢があったかもしれない。

しかも一人で生きて行くしかないんだと覚悟を決めて頑張っていた俺の目の前に現れる兄貴は、

いつもこうして暴力をふるって、俺から金を奪ってゆく。

自分より弱いとわかってる者を痛めつけるのが楽しいのか、押し倒され、馬乗りにされる。

胸倉を摑まれ、殴られる。

「もっと金持ってんじゃねぇのか？」

これは『兄』じゃない、ただのヤクザだ。

「…ない」

「嘘《うそ》言ってんじゃねぇぞ」

「う…」

首を絞めて、金を出せと言う男なんて、兄弟じゃない。

「金はどこにあんだよ」

更に頬《ほお》を叩かれる。

「ないって言ってるだろ」

「…チッ」

舌打ちし、俺の身体の上で兄貴は取り出した財布を開いた。

「止めろ…！」

「ホントにシケてんな。二万か」

「返せ、俺の生活費だ」

財布に手を伸ばして取り戻そうとすると、中身を抜き取られた財布で頬を叩かれた。軽くなんかじゃない、財布の金具が当たって痛みを与えるほど強くだ。

「給料は月末か？」

「返せ！」

もう一度俺を足蹴《あしげ》にすると、兄貴は俺から離れた。

「もっと稼げよ」

「返せ！」

「ギャアギャアうるせえよ。近所迷惑だぜ」

「兄貴！」

悔しい。

「俺のだ…」

金を盗まれることが、カモにされることが。腹立たしくて、悔しいのに、取り押さえて金を取り返せないことが。

入口の扉を閉めることもせず、兄貴が出て行く。

「う…」

開けっ放しのドアから、階段を下りてゆく足音が響く。

「二度と来るな…」

自分が惨めで、言ってはいけない一言を呟いた。

「お前なんか…、死ねばいいいんだ…」

口にした途端、涙が溢《あふ》れ出す。

どうして…。

どうして俺だけがこんな目に遭わなければいけないいんだろう。

なんであいつが俺の兄貴なんだろう。

どうして両親は俺達を置いて死んでしまったのだろう。

こんなに苦しくて悲しいのに、どうして慰めてくれる人がいないのだろう。

「う…」

嘆いていても何も変わらないから、痛む身体を引きずって玄関まで行きドアを閉め、鍵をかける。

落ちた財布を拾って中を確かめると、もしもの時用に別分けにしておいた一万円札もなくなっていた。

「…くそっ、三万じゃんか」

小銭は残っている。

米は買ったばかりだけれど、残りの半月分の食費は消えてしまった。

「う…ぅ…」

壁際のパイプベッドに潜り込み、明かりを消して頭から布団を被《かぶ》る。

「う…ぁ…」

声を殺して泣きながら、俺は明日からのことを考えた。

悔やんでも、恨んでも、悲しんでも、現実は変わらない。自分が考えるのは生きてゆくことだけ。もうそれしかないのだから…。


翌朝、殴られた口の端が腫《は》れていつもより早く目が覚めた。

昼間で寝ていられるのだが、もう一度寝直す気にもなれない。

一晩眠ったのに、気持ちが晴れることはなかった。むしろ、時間が経《た》っても何も変わらないという実感が、気持ちをより重たくさせた。

誰かが、『何かあったのか？』なんて訊《き》いてくれることはない。

いや、今夜店に出たら、この顔の怪我を、どうしたのかと店の人間は訊いてくるだろう。けれどそれは俺が求めているものじゃない。

そんな顔で接客できるのか？　何かトラブルじゃないんだろうな？　という、問いかけてくる者自身に被害が及ばないかという心配だ。

俺を心配してくれる人はいないのだ。

「今日は水曜か…」

腕に嵌《は》めたままの時計を見ると、まだ七時半。

丁度いい、今日はゴミの日だ。

もそもそと起き上がり、部屋のゴミを纏《まと》めると、部屋を出た。

白々しいほど明るい朝の光。

清々《すがすが》しいと言うべきなのだろうが、自分にとってはその明るさが突き放されたような気持ちにさせた。

みんなは幸福、でも自分は…。

「ダメだ…。もっと前向きにならないと」

昨日来たんだから、兄貴もしばらくは姿を見せないだろう。被害が財布の中身だけで済んでよかったと思わないと。

俺は手にしたゴミ袋を握り直し、一歩前へ踏み出した。

「わ…!」

その途端、目の前が扉で塞《ふさ》がれる。

「お、悪い」

開かれた隣室の扉の陰から、咥えタバコの笹子さんの顔が覗《のぞ》く。

「当たったか?」

「あ…、いえ…。大丈夫です」

「ゴミ?」

「はい」

前髪が乱れて、彼も疲れた顔をしている。

疲れているのは自分だけじゃない、と思わせてくれて少しほっとする。

一緒に行こう、と言われたわけではないのだけれど、目的地が一緒だから前後に並んで階段を下りる。

もう既にゴミの山ができている集積所にそれぞれ袋をポンと置いて部屋へ戻る。

階段を上り、先に立っていた笹子さんが自分の部屋のドアに手をかけ、扉を開く。

そのまま中へ消えてゆくのだろうと思って通路が空くのを手前で待っていると、彼は突然振り向いた。

「昨夜は激しかったな」

「え?」

「他人の生活に口を出すほどおせっかいじゃないんだが、付き合う相手は選んだ方がいいぞ」

「…は?」

彼が自分の口元を指で示す。

「それ、昨夜の彼氏にやられたんだろう?」

「彼氏って…」

「相手が男でも女でもかまわないと思うが、人間性は考えないとな」

彼氏…。相手が男でも女でもって…。

「違います」

俺はぎゅっと拳《こぶし》を握った。彼の誤解がわかったので。

「…あれは兄です」

俺はこの人に、男と寝てると思われたのか。

「昨夜はケンカをして…。お騒がせしてすみませんでした」

「ああ、そう。兄弟ゲンカ。にしても、随分やられたな。おいで」

「はい?」

「手当てしてやるから、入んなさい」

「え、でも…」

「誤解したお詫《わ》びだ」

彼はそう言うと、俺の頭に手を置き、引き寄せるようにして部屋の中に引き込んだ。

ふいに置かれた手の温かさに、つい言いなりになってしまう。

「散らかってるが、男同士だからいいだろう」

「あの…」

笹子さんとは、殆ど会話もしたことがなかった。

彼が引っ越してきた時に挨拶《あいさつ》したぐらいで、あとはすれ違う時に会釈する程度。

当然、彼の部屋に入るのもこれが初めてだった。

「すごい…」

入ってすぐに台所、その奥に四畳半、六畳の二間。基本的な造りは俺の部屋と一緒だが、彼の部屋の方が一部屋多いようだ。奥の六畳間には隣へ続く戸口があった。

その全ての部屋に、本やＤＶＤが雑多に置かれている。

不潔ではないけれど、ごちゃごちゃとした部屋だった。

「そこ、座って」

六畳の部屋の真ん中に座らされると、彼は奥から救急箱を持ってきた。

俺の目の前に座り、短くなったタバコを灰皿で消す。

ガーゼを取り出し、消毒液をかけ、口元の傷を拭《ぬぐ》う。

「痛ッ」

切れていたのだろう。消毒液がしみて、思わず声を上げてしまった。

「自分で手当てしなかったのか」

「薬がないので…。普段は怪我とかしませんし」

「河北くん…、だったっけ？」

「河北亮司です」

「俺はそっちを寝室にしててね」

彼は目でもう一つの部屋を示した。俺の部屋に一番近い部屋だ。

「壁越しに男の声と呻《うめ》き声が聞こえたもんだから、てっきりそういうことをしてるんだと思ったよ。悪かったな、自分がそっちの人間だから短絡的で」

「そっちの人間って…」

「ああ、俺は男と寝るんだ」

「…え？」

俺は目の前にある笹子さんの顔を見た。

くたびれてはいるが、男臭さのあるいい顔だ。飲み屋に行けば、女がすぐにでも寄ってくるようなフェロモン漂う顔と言ってもいい。

この人がわざわざ男の人を？

「安心しろ、合意の相手にしか手は出さないから」

俺の驚きを警戒と取ったのか、彼はそう言って笑った。

「いえ、そういう意味じゃ…。ただ俺の周りにはそういう人がいないので」

「そうか？　今時は多いんじゃないのか？　大学ん時とかどうだった」

「俺…、大学行ってないんで」

こんなに本があるのだもの、きっと彼は見かけによらずインテリなのだ。猫も杓子《しやくし》も大卒って時代に『大学に行ってない』と言うとバカにされるだろうか？

「ちゃんと受験は合格して、W大に入ったんですけど、すぐに両親が亡くなったので、辞めたんです」

微かなプライドでそう付け加えたが、彼は大学のことより親のことに気を留めた。

「そうか、じゃあ苦労しただろう」

「苦労だなんて…」

「平気だと言うのも必要だが、大変なことは大変だったと言った方がいいぞ。お前は苦労した。そいつは事実だったんだから」

彼の指が軟膏《なんこう》をすくい上げ、俺の頬に塗る。

人の指が顔に触れるのなんて、何年ぶりだろう。

腫れた傷に響かないように、そっとしてくれるのがくすぐったくてゾクリとする。

「にしても、こんなになるまで殴るなんて、酷《ひで》ぇ兄貴だな」

薬を塗り終わり、近くにあったタオルで指を拭った手が、優しく頭を撫でる。

「大丈夫か？」

その一言に、バカみたいに涙が零《こぼ》れた。

「あ…、すみません」

ちょっと手当てをしてもらっただけで泣くなんておかしい。

そんなに親しいわけでもないのに。

驚かれる、気持ち悪がられる。

そう思ったのに、彼は指先を拭ったタオルを俺の顔に押し当てた。

「泣くなら泣け。すっきりするぞ」

薬の匂いのするタオルが顔を覆う。

彼は、頭に置いた手を離さず、髪をかき回すように撫で続けてくれた。

その手に、涙が止まらなくなってしまう。

「…なんで…、他人の笹子さんはこんなに優しいのに、実の兄貴には殴られるんだろう…」

逃げないでいてくれる。

社交辞令でも、仕方なく付き合ってるんでもいい。

誰かに訴えたかった。

俺は苦しい。

悲しい。

辛《つら》い。

それを愚痴る先が欲しかった。

「あいつ、殴るんです」

言葉を口にすると、感情が溢れる。

「金を寄越《よこ》せって。ふらっと来て、たかってくんです。殴られて…、蹴られて…。金も持って行かれて…。俺は何にも悪いことなんかしてないのに、なんでこんな目に遭わなきゃならないんだろうって…。俺だって、普通の生活がしたかった。両親が事故で亡くなって、それができないってわかってても、グレたりしないで頑張って働いてたのに」

不幸だとは思っていたけれど、その不幸を噛《か》み締めることはしなかった。

自分の不幸を振り返ると悲しくなる。仕方ないさ、もっと酷《ひど》いヤツだっているさとごまかし続けなければ生きていることすら辛くなるから。

でも、今、許されてしまったから。

許されたと思ってしまったから、初めて自分は『可哀想でしょう?』と、問いかけてみたかった。自分だけがヒロイズムに酔ってるんじゃないと、言って欲しかった。

「親が生きてる時からグレて、働きもしないで金だけ無心に来て…。父さん達が亡くなったら、遺産も独り占めして…。それで満足すればいいのに、今も俺のとこに来ては暴力で金を奪ってくんです。昨日が初めてじゃない。もうずっと…。突然やってきては『金出せ』って」

こんな重い話を聞きたくなんかなかっただろう。話されても困るだろう。

「俺は、人を殴るなんてできないから、抵抗もできなくて。いつも搾取されるばっかりで…。兄弟だと我慢しなくちゃいけないのかな。血が繋《つな》がってる家族ってだけで、警察も取り合ってくれないんでしょう？　このまま一生、あいつの言いなりにならないといけないのかな」

俯《うつむ》いて、自分の握り締めた手を見つめながら語り続けたけれど、顔を上げるのが怖かった。

「楽しいことなんて一つもない。慰めてくれる人もいない。俺はずっとこのままなのかって思うと辛くて…」

俺にどうしろって言うんだよって顔をされるのが怖い。

さっさと帰ってくれって目で見られるのが辛い。

でも我慢ができなかった。

言って、楽になってしまいたかった。たとえ後悔しても、胸の奥に溜《た》まったものを吐き出してしまいたかった。

笹子さんの手が離れる。

ああ、せっかく触れてくれた手が離れてしまう。

「確かに、警察は民事不介入ってヤツで、家族内のもめごとには対応してくれないだろうな」

手は、テーブルの上に置かれていたタバコの箱を取り、一本摘《つま》み出した。

カチリと音がして、タバコの匂いが強く漂う。

「今度兄貴が来て、暴力をふるわれたら、大きな声を出しなさい」

「え…？」

顔を上げると、そこには想像と違う顔があった。

面倒臭さも、困惑もない。かといって憐《あわ》れむような目でもない。

いつもすれ違って会釈する時と同じ、少し微笑《ほほえ》むような穏やかな顔。

「壁はそんなに厚くないから、大きな声を出せばここに届く。そうしたら、止めてあげるよ」

「でも……！」

「言っちゃ悪いが、弟に金をタカリに来るような男なら、隣人が乗り込んできて警察呼ぶぞって言えば逃げてくだろう」

きっとそうだろう。

強がってばかりいるが、あいつは意気地なしだ。だから、親とか、弟とか、自分に甘い人間、弱い人間のところにやってくるのだ。

「気を張りなさんな。人生何とかなるもんだ。もっといい加減に生きて、助けて欲しい時は『助けて』って言えばいい。どうせ誰も助けに来ないとわかってるんなら、言うだけはタダだろ？」

彼は笑っていた。

「河北、腹減ってないか？」

「…リョージでいいです。みんなそう呼ぶから」

「そうか。じゃ、リョージ、腹減ってないか？　朝メシは？」

「まだです」

「人間、腹が減ってるとロクなことを考えないからな。一緒に食うか？」

「俺と、ですか？」

「大したものはできないがな」

「あの…、よかったら俺が作りましょうか？」

「メシ、作れるのか？」

「俺、居酒屋で働いてるんです。厨房にも入りますし」

「そいつはいい。だが材料がねぇからな、冷蔵庫ん中で何か作れるもんあるか？」

立ち上がり、彼が台所へ向かう。

俺も慌てて彼の後を追った。

「キャベツと卵とハムぐらいだな…」

「俺の部屋にインスタントラーメンがありますから、ラーメンとか、焼きそばとは」

「インスタントラーメンで焼きそば？」

「あ、はい」

「それじゃ、それでも作ってもらおうか。ラーメン代は払ってやるよ」

「いえ、いいです。野菜もらいますし」

「そうか？　じゃ持ちつ持たれつってことで頼むわ」

「はい。じゃ、ちょっと待っててください」

愚痴って、泣いて。みっともないところを見せたのに、彼は態度を全く変えなかった。嫌がることも、困ることも、憐れむこともしなかった。

かと言って、俺が苦しんだり悲しんだりしていることを、無視したわけでもなかった。助けを呼んでいいと言ってくれた。

その上で普通に振る舞ってくれたことが、俺が告白したことも、助けを呼ぶかもしれないことも、負担ではないと示してくれているようだった。

単なるお隣さんだ。

実質的に俺に何をしてくれたわけでもない。

けれど彼が俺を部屋へ呼んでくれたことが、傷の手当てをしてくれたことが、愚痴を聞いてくれたことが。助けに行ってやるよと言ってくれたことが、頭を撫でてくれたことが、普通に振る舞ってくれたことが、本当に嬉しかった。

俺は自分の部屋へ戻ると、大切な食料であるインスタントラーメンを二つ取り出し、ちゃんと部屋に鍵をかけてからすぐに笹子さんの部屋へ戻った。

「ちょっと待っててくださいね」

この喜びを返すものが何もないから、せめて美味《おい》しいと思われるものを作ってあげよう。

「ラーメンと焼きそばとどっちがいいですか？」

「焼きそば食ってみたいな。どうするんだ？」

「麺《めん》だけ茹《ゆ》でて、後は普通です。ついてる粉末スープで味付けするんです。半分は野菜を炒《いた》める時に使って、残りは麺と野菜を炒める時に使うんです」

「へえ…、すごいな」

自分にできることは、これぐらいしかないから。

面白いことなんか何もない。

待ち遠しいことなんか何もない。

起こるイベントはいつも、悪いことばかり。

いつも、『今』を必死に生きてるだけだった。

けれど、笹子さんに声をかけられて、俺の生活に変化が訪れた。

「俺はメシを作るのがヘタでね。よかったらまた作りに来てくれないか。材料費ぐらいは出すから」

俺が作ったインスタントラーメンの焼きそばを食べた彼は、それを美味しいとほめてからそう言ってくれたからだ。

誰かが、俺に『来い』と言ってくれる。何かを望んでくれる。自分が他人にしてあげることがある。

その喜びを与えられたのだ。

もちろん、俺だって、子供じゃない。

彼の言葉が社交辞令だという可能性だって考えた。

でも笹子さんは更に続けたのだ。

「ピーマンとナスのみそ炒めって作れるか？」

「はい」

「じゃ、厚揚げの煮たのは？」

「作れます」

「いいねぇ。じゃ、今夜はそれを頼もうかな。和食っていうか、そういうショボい家庭料理が好きなんだけど、ここいらで食べさせてくれる店がなくてね。コンビニにも置いてないし」

「厚揚げならあるかもしれませんよ」

「俺は見たことねぇなぁ。面倒？」

「いえ、大丈夫です。作ります」

具体的な料理名を出されてオーダーされたから、とても社交辞令とは思えなくて、俺は了承してしまった。

夕方から夜中まで仕事に行くから、一般家庭の夕食の時間には料理できないことも言ったけれど、彼は夜型の人間だから丁度いいと答えた。

だから、彼の言葉は社交辞令ではない。

そう思ってその日の夜、俺は料理を作るために笹子さんの部屋を訪れることを約束した。

材料は、バイトに行く時に買って、店長に頼んで店の冷蔵庫に置かせてもらった。金はなかったけれど、部屋のあちこちに残っていた小銭をかき集めて何とか捻出《ねんしゅつ》できた。

「彼女でも来んのか?」

冷蔵庫を借りた俺に店長がからかうように訊く。

「違いますよ。隣の部屋の人に頼まれて」

「男?」

「男ですよ」

「何だつまんねぇな」

店長はそう言ったけれど、俺にとっては男でも女でも、訪れる相手ができたことは重大ニュースだった。浮かれている、と言ってもいい。

店が終わって、行く先がある。やることがある。そんな喜びで。

店は前日と同じく客足が伸びなかったので、早めに帰ることができた。顔を腫らした俺は客前に出せないからと、余計に早く帰された。

いつもと同じ帰り道なのに足取りが軽い。

見慣れた自分のアパートに、何だかドキドキする。

階段を上って、自分の一つ手前の部屋をノックする。

「はい」

中からは笹子さんの声が聞こえた。

「リョージです。約束通りご飯作りに来ました」

もしかしたら、やっぱり本気じゃなかったという結果だったらどうしよう。本当に来たのって言われたら…。

でもその心配は杞憂《きゆう》だった。

「よく来たな。腹減らして待ってたよ」

勢いよくドアが開き、彼が俺を迎え入れてくれる。

「さ、入れ、入れ。一応メシだけは炊いといたから」

歓迎されている。

「あの、味付けは薄味が好みですか？　それとも濃い方が…」

「濃い方がいいな。俺は醤油《しょうゆ》星人だから」

「はい」

料理は、仕事のために覚えた。

母が生きてた頃には、キッチンに入ることもなかった。

自分のための料理は必要に迫られた時だけ簡単なものを作るだけ。工夫をするのは、安くあげるために、だ。

でも今日は違う。

美味しいって言って欲しい。

もし上手く作ったら、また来てくれって言われるかもしれない。

期待をしすぎるのはよくないとわかっている。でも少しぐらいなら夢を見てもいいだろう。

使った様子のない鍋、焦げつきの残ったフライパン。料理なんか全然していないという様子の台所は、料理の作れる人間なら居場所があると言っているように見える。

「いい匂いだな」

笹子さんは料理を始めた俺の背後に立ち、クンクンと鼻を鳴らした。

「笹子さん、作ってくれる彼女とかいないんですか？」

「俺は男専門だし、今は決まった相手もいない」

同性愛者だって言ったのは、本当のことだったんだ。

「笹子さんって、何してる人なんですか？」

後ろから手元を覗き込まれると緊張する。その緊張をごまかすために会話を向ける。

「俺か？　まあ物書きだ」

「小説家さんなんですか？」

驚いて振り向くと、彼はタバコを咥えながら顎《あご》を摩《さす》った。

「んー…、小説も書くし、ルポも書くし。取り敢えず文字書いて稼いでるって程度だな」

「すごいですね」

「はは、物書きって肩書には幻想があるな。すごいなんて言われるほどのもんじゃないよ。河北…、いや、リョージでいいんだっけ。リョージは？　働いてると言ってたが」

「居酒屋で働いてます。駅向こうの『となみ』っていう店です」

「ふうん、今度行ってみるか」

「是非いらしてください」

「サービスしてくれるか？」

「少しぐらいなら」

厚揚げの甘く煮たのと、ピーマンとナスのみそ炒めを作り、ついでに豆腐とワカメのみそ汁を添える。

彼の部屋には味噌がなく、食器も一人分しかなかったので途中それを取りに自分の部屋まで戻らなければならなかったが、手際よくできたと思う。

「どうぞ」

片付けてくれたテーブルの上に全てを並べると、笹子さんはうっとりとした顔をしていた。

「すごいな、俺の部屋で出来立ての料理が出てくるとは」

「喜ぶのは食べてからにしてください。不味《まず》いかもしれないし」

「そうだな。じゃ、早速」

彼はすぐに料理に箸《はし》を伸ばし、一口頬ばった。

「どうですか？」

答える代わりに、彼はもう一口食べて白飯をかき込む。あとはもう止まらなかった。

見る間に皿に山盛りだった野菜が消えてゆく。

「食わないのか？　なくなるぞ」

「あ、はい」

会話はなかった。

余程お腹が空《す》いていたのか、俺の料理が気に入ってくれたのか。彼はガツガツと、気持ちのいいほどの食べっぷりで食事を続けた。

惚《ほ》れ惚《ぼ》れするような食べっぷりだが、自分にとってもこれが大切な一食。負けじとばかりに箸を動かす。

結局、わずか十五分程度で、作った料理は全て綺麗になくなってしまった。

「…美味《うま》かった」

しみじみと零れる彼の言葉。

よかった。

「さて、リョージ」

彼はすぐにタバコに手を伸ばし、俺を見た。

「お前はどうやら律義な性格らしいから、他人に借りを作るのは嫌だろう。だから今の美味いメシで朝の手当てはチャラだ」

その言葉に、少し胸が痛んだ。

望まれていると思っていたのに、これは取引だったのか、と。

「これで貸し借りナシでいいな?」

「はい」

でも当然か。

親しくもない人間にいきなりメシを作ってくれなんて言う方がおかしいのだ。むしろ、貸し借りナシにしてやろうと思ってくれた優しさに感謝するべきだ。

「それでだな。ここからは貸し借りナシの話として聞け」

「はい」

「今日のことは、手当てしてもらったから断りづらいってこともあっただろう。だが、もしそんなに嫌でもなかったら、時々メシ作りに来てくれ」

え…。

「一人暮らしで不規則だからな。俺は外食専門だし。時々こういうのが食いたいと思ってたんだ」

「あの…、本当に美味しいと思ってくれたんですか？」

「うん？」

「だって、簡単な料理だし…」

「豪華なメシが食いたかったら、それこそ金払って高い店に行くさ」

ってことはこの人、お金持ちなんだ。

まあ、こんなアパートに住んでる程度の金持ちだろうけど。

「手料理って言うか、家庭料理って言うか。簡単なメシほど金で手に入らないもんだよな」

「駅のとこに定食屋、ありましたよね？」

「三島屋《みしまや》だろ？　一度行ったが不味かった。…色々訊くってことは、やっぱり面倒か？」

俺は慌てて否定した。

「いいえ。そうじゃなくて。…笹子さんが俺に気を遣って言ってくれてるんじゃないかと」

「気を遣うのはもう終わった。お互いペナルティナシだって言ったろ？　ホントは時々お前の部屋からいい匂いがするんで、一度呼んでくんないかと思ってたんだ」

「下のおばあちゃんのがいい匂いですよ」

「ばあさんがメシ作ってる時は起きてないからなぁ」

笹子さんはぷかりとタバコの煙を吐き出しながら小さく笑った。

「で？　返事は？」

細めた目が、もう俺の返事はわかってるって顔に見えるのは、気のせいじゃないと思う。そして推察されてしまった通りの答えを、俺は口にしてしまった。

「俺も…、一人でメシ食うより誰かと一緒に食べたいって思ってました。もしこんな簡単な料理でいいならまた一緒に…」

「うん。こっちこそ頼むよ」

笹子さんの手が、俺の頭を撫でる。

「毎日って思わなくてもいいぞ。無理すると続かないから。できる時だけ、作ってくれ」

「食事は毎日作りますから、別に毎日でも」

「店があるんだろ？　いいって、無理すんな」

「あの、じゃあ明日。明日は大丈夫ですから、何が食べたいですか？」

「何でもいいよ。俺は料理名も知らないから。あ、ピーマンとナスのみそ炒めは毎日でも食えるから」

「はい」

今日だけじゃなかった。

明日の約束もしてもらえた。

「茶でも飲むか？」

「あ、じゃあ俺が」

「茶ぐらい淹《い》れてやるよ。座ってろ。そのうち淹れてもらうようになるかも知れないがな」

彼が笑うから、肩の力が抜ける。

「日本《にほん》茶でいいか？　オッサンなんで食後はコーヒーより日本茶なんだ」

「あ、はい。全然ＯＫです」

台所に向かった笹子さんの背中を見ながら、俺はもしかしたら自分の生活が本当に変わってゆくのではないかという期待を抱いた。

楽しいことなど全て失ったと思った日々に、『何か』が起こるかもしれない。

そんな期待を。


自分で自分のことをオッサンと言ったけれど、笹子さんは決してオッサンには見えなかった。

すれ違って会釈する程度の時には、くたびれた印象があったけれど、顔を間近に見て言葉を交わすと、オッサンというより大人の男という印象の方が強い。

いつも背中を丸めて歩いているからそう大きく見えないが、身長は俺よりも高い。

どちらかというと痩せた身体つきだが、腕を見ると、筋肉質で、がっしりとしている。

顔立ちも痩せた感じで、頬骨や顎のラインがはっきりとわかる。髪を短くしてキチッとすればかなりいい男だと思うのに、不精髭を残したままの時もあった。

自分の周囲にいる年上の男といえば、店の人間と客ぐらいだが、笹子さんはそんな彼等とは全然違う雰囲気だ。

もっと落ち着いて、もっとゆったりとした感じだ。

背が高いから手足が長く、その長い手足をゆっくりと動かす。

咥えタバコはトレードマークで、タバコを吸っていない方が珍しいみたいだった。

「ヘビースモーカーというよりチェーンスモーカーだな。一度吸い出すと止まらない」

どうしてそんなに吸うのかと訊いたら、彼はそう言ってまたタバコを咥えた。

「リョージは吸わない方がいいぞ」

「自分は吸うのにですか？」

「吸ってるからこそ、吸わない方がいいってわかってるのさ。お前は子供っぽい顔をしてるから、外で吸ってると補導されるかもしれないぞ」

「そんなに子供っぽくないですよ」

「目がでかいからな、子供っぽいんだ」

「そんなに大きくありません」

「いや、大きいよ。性格の出た真面目そうな顔をしてるしな」

「…そうですか？」

「ああ。可愛い顔だ」

「…どうも」

彼に食事を作ると約束し、携帯電話の番号を交換した翌日、俺は今日も作りに行きましょうかと電話をした。

笹子さんは喜んで頼みたいと言い、俺はいそいそと彼の部屋を訪れた。

材料は買ったから、適当に来て見てそれで作ってくれと言ったので、買い物をせずに向かった部屋。

パソコンに向かって忙しく何かを打ち込んでる笹子さんの横で料理を始める。

冷蔵庫の中身はまとまりのない食材がいっぱい詰まっていた。一回の料理では使いきれないくらいに。

その中で、俺は豚肉を使って定番のショウガ焼きを作った。男なら誰も嫌いな人はいない一品だ。

思った通り、彼は喜び、前日と同じく綺麗にたいらげた。

その翌日も行きたかったのだが、翌日は週末で、店が忙しくて時間が遅くなってしまった。

途中電話を入れることもできず慌てて帰った時には、もう彼の部屋は暗かった。

今夜はもうダメだ。

その翌日も、店は忙しく、電話はかけられなかった。

二日も間が空いてしまうと、こちらからは電話がかけにくくなる。

せっかく親しくなれたのに、このまま自然消滅だろうか。

それとも勇気を出して電話してみるべきだろうかと悩んでいると、月曜日の夕方、店に到着してすぐに笹子さんから電話が入った。

『リョージか？』

「あ、はい」

店長に目で合図してその場を離れる。

客はまだいないので、嫌な顔はされなかった。

『今夜来られるか？　冷蔵庫の残りがダメになる前に来てくれるとありがたいんだが』

「あ、はい。じゃあ行く前に電話します」

『悪いな。お前が来ないと全部捨てることになりそうだから』

「そんな、もったいない」

『そう思ったら是非来てくれ』

「はい」

俺としても、食費が助かるのでありがたかった。

だが何より、彼が『来てくれ』と望んでくれたことが嬉しかった。

電話を切って厨房に戻ると、店長が「友達か?」と訊いてきた。

その問いに「はい」と答えられることも誇らしかった。

そんなふうに、毎日ではないけれど、俺は彼の部屋を訪れて料理を作り、一緒に食べるようになり。

やがてそれが日常に溶け込んでゆく。

週末の金曜土曜は忙しいからダメだけど、平日は大抵十二時頃に仕事が終わるから、それから彼の部屋に行く。

食材は彼が買っておいてくれるけれど、料理の手伝いはナシ。

彼の仕事が入っている時は料理中彼がキーボードを叩く音を聞き、仕事がない時には背後にくっつかれて色々質問を受ける。

質問は料理のことばかりだが、俺のことを訊かれることもあった。

「オッサンとこばっかりじゃなくて、たまには友達と集まったりしないのか?」

「…友達いませんから」

「どうして?」

「どうしてって…」

「今は忙しいにしても、学生時代の友人とかいただろう」

「いました。でも今は疎遠になって…」

両親が亡くなった後、ここへ引っ越してしばらくは友人達とも付き合いは続いていた。みんな心配してくれて、部屋を訪れてくれることもあった。

けれど、もう俺は彼等とは住む世界が違うのだ。

彼等が誘うカフェでの一杯のコーヒー代は、俺の一食分の食費だった。

学生定期でどこへでも行ける彼等と違って、電車に乗るのも金がいる。その金は自分にとって生活を圧迫する出費だ。

会って話をしても、みんなが大学や専門学校の話で盛り上がるのを聞いていることしかできない。映画も雑誌も見ないから共通の話題がない。

明日の仕事があるからと言えば、一日ぐらいいいじゃないかとか、付き合いが悪いと言われてしまう。

もともと貧乏な生活をしていたのなら、同じような境遇の友人もいただろう。だが親が亡くなるまでは俺だって、家事を手伝ったこともなければ、バイトもしたことのない生活だった。

働かなければ生きていけないという生活を理解してくれる者はいなかった。

最初は慰めてくれたり心配してくれたりしていた友人達も、いつしか彼等自身の世界に戻っていき、今では殆ど連絡してくる者もいない。

「ほら、誘われても、時間帯も合わないですしね」

でもそこまで説明する気にならなくて、俺は適当にごまかした。

「真夜中の友人は俺だけってことか」

笹子さんは大人だから、もしかしたらそういうことを全て察したのかもしれない。でも、何にも訊かずに、笑ってそう言っただけだった。

「俺、笹子さんの友人ですか?」

「ん?　嫌か?」

「いえ、光栄です」

説明を求められることも、不必要な同情をされることも、説教がましいことも言わない。

ただ一緒にメシを食って別れるだけ。

でもそれが楽しかった。

そして俺はその生活が、いつしか普通になっていた。


「白和《しらあ》えなんて作ったことありませんよ」

「そう言うだろうと思って、本を買ってきた」

平日の夜中。

いつものように彼の部屋を訪れ、今夜は何が食べたいかと話をしている時、彼はそう言って俺に料理の本を差し出した。

「この間資料買いに本屋へ行った時に見つけたんだが、美味そうな写真がいっぱい載っててな、つい買った」

子供みたいに自慢げな顔をして。

「食ってみたい料理のページに付箋《ふせん》貼《は》っといたから、ヨロシク」

「よろしくって…。何でも作れるわけじゃないですよ」

「適当でいいよ。じゃ、メシできたら声かけてくれ」

「…もう」

笹子さんと親しくなってから一カ月。

俺もだんだんと遠慮がなくなったけれど、笹子さんもすっかり気遣いがなくなっていた。

口の利き方もぞんざいだし、待っていたよとドアを開けてくれることもない。鍵は開いてるから勝手に入ってこいという態度だ。

けれど、それが嬉しかった。

信用されてるようで、心を許してくれているみたいで。

「ああ、リョージ。明日と明後日は来なくていいぞ」

「仕事ですか?」

「ああ。ちょっと昔の友人と会うことになってな。旅行してくる」

「いいなぁ、旅行ですか」

「お土産買ってきてやるよ。忘れなかったら」

「『忘れなかったら』っていうところが正直ですね。ほら、テーブルの上、そろそろ片して」

「へい、へい」

友人のように、兄のように、彼を慕っている。

本物の兄貴があんな男だから、その想いは余計に強かった。

「その格好で旅行行くんですか？」

今夜の夕食は鶏の唐揚げのみぞれがけと、インゲンのゴマ和えに大根のみそ汁。

「いや、一応ヒゲも剃《そ》ってスーツを着る」

彼の目が料理を見て輝きを増す。

よかった、アタリのメニューだったみたいだ。

「スーツ？　俺、笹子さんのスーツ姿なんて一回も見たことないです。持ってたんですか？」

「何着かはな。時々は着て出掛けるぞ」

「本当に？」

「大抵昼間だから気がつかなかったんだろう。いただきます」

「はい、どうぞ。ちぇっ、残念だな」

「朝起きれたら、見せてやるよ」

起きられないだろうというように、にやっと彼が笑う。

「起こしてくれたら起きます。何時ですか?」

「そうだな。十時頃かな」

十時…。一番眠い時間だ。

でも、いつもくたびれたシャツ一枚の笹子さんがスーツを着た姿は見てみたかった。

「じゃあ、出る時にメール入れてやるよ。メール入れて五分したら出掛けるから、それまでに起きてきたら見せてやる」

「わかりました。絶対起きます」

「俺のスーツ姿なんか見たってしょうがないだろう」

「希少価値の高いものは見てみたいんです」

「希少価値とは失礼だな」

「ヒゲのない笹子さんだって、あんまり見たことないんですから、希少価値ですよ」

「ヒゲ、嫌いか?」

「って言うほど生えてないでしょう。中途半端な不精髭ばっかりで」

「お前はヒゲ生えないな」

彼の手が、小さなテーブルを越えて俺の顎を撫でる。

そっと触れるから、少しくすぐったい。

いする。

「今まで特別子供っぽいって言われたことなどなかったのだが、笹子さんはすぐに俺を子供扱いする。

「童顔って言いたいんでしょう。もうちょっとしたら男らしくなりますよ」

「そのまま生やすなよ？　可愛い顔が台なしになる」

「俺、まだ二十一ですから、いいんです」


けれど子供扱いされることも、自分にとっては悪くない気分だった。

甘えさせてもらってるみたいで。

「いない間、材料が腐るといけないから、冷蔵庫の中身は今夜全部お前んとこへ持ってけ」

「二日で腐ったりしませんよ」

「いいから、持ってけ」

こういう親切も、甘やかしだと思う。

「…じゃ、ありがたくいただきます。食費、助かりますから」

「そう、そう。子供は素直な方がいいぞ」

でも、あんまり子供扱いされすぎると、ちょっと不満になる。

俺だって、ちゃんとやってるのに、と。

「帰ってきたら、どっかメシでも食いに連れてってやるよ」

「それはいいです。俺、お金ないし」

「連れてってやるって言ったんだから、俺が払うに決まってるだろう」

「だからいいんです。返せないものはもらえない。ここでは食材をもらう代わりに料理が作れるけど、外食させてもらったお礼はできないから」

生意気だったかな、と思ったが本音だった。

金がある時には、こんなこと考えたことはなかった。おごってもらえるんなら何時《いつ》だって喜んでおごってもらった。

でも金がなくなってからは嫌になった。自分の勝手な引け目かもしれないが、人は何かをする時に見返りを期待しているはずだ。なのに与えられて、何も返せない自分が惨めだから。

せっかくの申し出を断って気分を害しただろうかと彼を見ると、笹子さんは静かな目をしていた。

「悲しいな」

そしてそれだけ言って、また箸を動かした。

悲しい？

俺が誘いを断ったから？

それとも別の意味で？

けれど、もう何も語ろうとしない彼にしつこく尋ねることもできず、俺もそのまま流してしまった。

微かな罪悪感を抱いたまま食事を終え、後片付けを済ませると、明日の支度があるだろうと思って、俺は早々に部屋に引き上げた。

帰りに、冷蔵庫の中身と、散らばっている本の中から何冊か借りて。

部屋に戻ると、物の少ない自分の部屋が妙に広く感じた。

一人でいることが辛いと思うのは、一人じゃないことを知ってしまうからだ。さっきまで、自分には話しかける相手がいたのに、今はいない。それが部屋を広く感じさせる。

その不満を誰にも訴えることができず、俺はベッドの中へ潜り込むと借りてきたばかりの本を開いた。

本なんて、買う余裕もなかったし、図書館が開いてる時間に寝てるから、ここのところまともに読んでいなかった。

彼が貸してやると言ってくれた時、意地を張らなくてよかった。

流行の推理小説は面白くて、ついつい読み耽《ふけ》ってしまい、風呂を忘れるところだった。食品を扱う店で働くのだから、シャワーだけでもとユニットバスでシャワーを使い、出てきてから続きを読むと、そのままいつの間にか眠ってしまった。

目が覚めたのは、携帯電話の着信音が聞こえたからだ。

まだ眠い。

一体誰が自分に電話なんて…。

「あ！」

そう思った瞬間、俺は跳び起きた。

携帯電話を見ると、着信は笹子さんからで、時計は九時五十五分になっていた。

「いけない、スーツ」

まだ眠い目を擦《こす》りながら、もぞもぞと起き上がる。

昨夜風呂から上がった時のTシャツ一枚に下着の格好だったから、何か羽織ろうかと思ったが、ドアの外で隣室の扉が開く音が聞こえたので、そのままの格好で外へ飛び出した。

「笹子さん」

扉を開けると、丁度鍵を閉めようとしている笹子さんの姿があった。電話が鳴ってすぐに起きたつもりだったが、思った以上にもたもたしていたみたいだ。

「…すごい格好だな」

呆《あき》れた視線を向けてくるのは、…笹子さん？

いつもクシも入れてないんじゃないだろうかと思うようなボサボサの長い髪は綺麗に後ろに撫でつけられ、不精髭なんて影も形もない。トレードマークのタバコもない。

身体にぴったりとしたスーツがよく似合っていて、モデル並にカッコよかった。

「すごい…。カッコイイ」

思わず口に出してしまうほどに。

「カッコイイはいいが、パンツ一丁で出てくるな」

「平気だよ、男だし。二階だし」

「俺からは丸見えだぞ」

「だって笹子さんじゃない」

そうだ。笹子さんだ。

なのに何だか他人みたいで、ドキドキする。

「いいから入れ」

軽く肩を摑まれ、ドアの内側へ押し戻される。

「寒くないのか、そんな格好で」

言われると、急に朝の寒さを感じてふるっと震えが出た。

「そうですね。何か羽織って…」

言いかけた途中で、彼が俺を抱き締める。

「風邪引くなよ」

腕が背中に回って、顔が彼の胸に埋まる。

慣れない感覚に身体が固まる。

「寂しくなったら電話してきていいぞ」

耳元で囁《ささや》かれて眠気も吹っ飛ぶ。

「さ…、笹子さん」

彼が離れるから、一瞬にして寒さが戻ってくる。

「忘れねぇよ」

「あ…、あの…」

「ちゃんと土産は買ってきてやる」

「そんなの…！」

いらないよ、と言う前に、彼は俺に背を向けた。

「じゃあな。行ってくる」

ひらひらと手を振って、階段を下りてゆく。

「あ…。いってらっしゃい！」

俺は慌てて手摺《てす》りに駆け寄り、見送りの言葉をかけたが、もう振り向いてはくれなかった。

アパートの敷地を出たところには車が一台停まっていて、彼が当然のようにその車に乗り込むと、すぐに走り去った。

タクシー…、には見えなかった。

高級そうな車だ。

友達と旅行に行くと言っていたから、その友達の迎えの車だろうか。

「…驚いた」

寒さと羞恥心《しゅうちしん》が戻り、俺も部屋に入る。

「カッコよかったなぁ」

モデルというより、やっぱり笹子さんだからエリートヤクザみたいではあったが、上質な大人という感じだった。

人って着るものであんなに変わるんだ。

自分が見ていたのは夜中の自室での彼の姿だけ。オフの笹子さんだ。きっと今のがオンの姿なのだろう。

オンもオフもない自分みたいな若造とは違う。

「…何か、変な感じ」

いつも起きる時間より三時間も早い。

本来なら眠気が戻ってきてもいい時間なのだが、彼の変身ぶりと、久々に他人に抱き締められたことで目が冴《さ》えてしまった。

自分も、もう少し身綺麗にした方がいいだろうか？

いや、そんな金もないか。

選択はちゃんとしてるし、清潔さは心掛けている。まだ若いのだし、誰に恥じることもない格好だと思う。

でも、突然の笹子さんのスーツ姿は、彼との間に妙な距離感を覚えさせた。

「あの人…、どんな本書いてるんだろう」

有名なのかな。

部屋にあるＤＶＤや本の量からすると、それなりの稼ぎはあると思っていたけれど、俺が想像しているよりもっと金持ちなんだろうか。

だがそこまで考えて、俺は首を振った。

考えない方がいい。

深く首を突っ込まない方がいい。

だって、笹子さんとは長く付き合いたい。気後れするような事実を知ったり、煙たがられたりしたくない。

笹子さんは笹子さんだ。

俺の唯一の友人でいい。

もう一度眠る気になれず、俺は昨夜借りた本を開いた。

今日から二日間、隣が留守なことを、急に寂しく感じながら…。


髪を切る金がもったいないので、肩にかかるまで伸ばすことが多い。今はその途中で、耳にかける程度の長さ。

笹子さんは目が大きいと言ったけれど、自分としてはまあ普通サイズだと思う。眉《まゆ》は細い方だが、残りのパーツは大作り。そのせいで童顔っぽく見えるのだろう。

ヒゲは今のところ生えない。

父親も濃い方ではなかったから、きっと遺伝だ。

イケメンとは言えないけれど、高校の時には女友達も多かったので、それなりにイケてる方ではあると思う。

ただ、服装には自信がなかった。

店に行けば制服でもある店名の入ったTシャツと前掛けがあるので、全く気を遣わない。洗濯だけはちゃんとしているが、安くて丈夫なシャツばかり。

笹子さんのスーツ姿を見てしまうと、今まで気にしなかった『身だしなみ』が急に気になってしまう。

「今井さん、スーツって持ってます?」

店で一緒に働いている今井さんに訊いてみると、彼はまあねという顔をした。

「二着持ってるよ。ツルシだけど」

「二着」

「会社訪問の時に使ったヤツと、喪服。サラリーマンじゃないからな」

「普通何着ぐらい持ってるんでしょう」

「職業によりけりだろ。スーツが必要なサラリーマンだったら、一着二着じゃすまないだろうが…。何だ。何かスーツが必要なことがあったのか？」

「あ、いいえ。ただスーツとか幾らぐらいなのかなって」

「ピンキリだろ。ツルシで安売りなら一万ぐらいで上下買えるだろうけど」

一万か…。

「喪服なら貸してやってもいいぞ。夏用のだけど」

「いえ、ただちょっと興味があっただけですから」

喪服…。

そういえば両親の葬式の時に父親の黒のスーツを着たっけ。

引っ越してから全然開けてないダンボールにも、父親のスーツが何着が入ってたはずだ。

…まあ着る機会はないんだけど。

それでも、俺は部屋に戻ると押し入れの奥のダンボールから父親のスーツを引っ張り出して、袖《そで》を通してみた。

「…七五三みたい」

風呂場の小さな鏡で見てみたが、結果は散々だった。

元通りスーツはダンボールに戻して一人で夕食を取る。

もう今日はちゃんとした料理を作る気にならず、炒めた野菜を載せただけのインスタント麺で済ませてしまった。

彼の部屋に行かないことだってあるのに、『いない』ということが重く心にのしかかる。

会わないのと会えないのは意味が違う。

自分にとって、笹子さんの存在が大きくなっていたんだな、と感じた。

乾いた砂漠に水が落ちたようだ。

水がなければ乾いた大地に何も必要なかったのに、水があるから植物が生えて生き物が集まる。

けれど、再び水がなくなったら、全てがまた消える。それがわかっているから、もっと水が欲しいと願ってしまう。

彼がいなくなったら、自分はまたあの寂しい生活に戻るのだ。

それを思うと、彼に早く帰ってきて欲しいと願ってしまう。

まだ、たった一日なのに。

翌日も、朝起きてすぐに彼の不在を思い出した。

確か、彼の寝室は俺のベッドのすぐ隣だ。

今まで隣室のことなど注意を向けたことはなかったが、もしいれば、何か物音が聞こえるかもしれないと耳を澄ませてみる。

当然何の音もしなかった。

静寂は孤独に気づかせる。

俺はテレビを点けながら、本を読んだ。

明日と明後日は食事の支度はいらないということは、二泊三日だったのかな。それとも、取り敢えずその二日というだけで、帰りの予定ははっきりしていなかったのかな。

何日に帰るのか、はっきり訊けばよかった。

帰ってくる日がわかっていたら、何か料理を作って待っていてあげられたのに。

意地を張らずに、一緒に食事に行こうと言われた時、喜べばよかっただろうか？

でも今更だ。

あのスーツでパリッとした姿の彼を見てしまった後では、彼に釣り合う服を持っていない自分が何だか恥ずかしくて、連れ立って歩ける気がしない。

笹子さん…。

不思議な人だ。

歳《とし》はきっともう三十を超えているだろう。落ち着いてて、気さくで、優しくて…。時々口が悪くて、ちょっとワルっぽい匂いがするところがカッコよくて…。

自分もあんな大人になれるだろうか？

気がつけば、俺は彼がいない間ずっと、彼のことだけを考えていた。

部屋にいても、店へ出ても。

頭の中に浮かぶのは、彼のことばかり。

いつものくたびれた格好でタバコを吸っている姿と、最後に見たスーツで決めてた姿と。

だから、彼が戻ってきた知らせが届いた時には、自分でも驚くほど喜びを感じてしまった。


『戻った。腹減ったから来い』

店が終わりの頃、携帯電話に送られてきたのはそんな短いメールだった。

彼が出掛けて四日目の夜だ。

二泊三日だと思っていたのに、笹子さんの不在は四日も続いていて、俺としては笹子さん不足に陥っていた時だった。

帰ってきた。

今日からまた隣の部屋に彼がいる。

それだけで嬉しくて、俺はすぐに『帰りに行きます』とだけ返信した。

何を作ってあげよう。

こんなに遅く戻ったのなら買い物もしていないだろう。

一度彼の部屋に寄って顔を見たら、自分の部屋から残っている食材を持ってこよう。大したものはないけれど、お腹が空いているのなら何だって喜んでくれるはずだ。

けれど、今日は金曜日で、客が多く、帰る時間はメールをもらってから一時間以上も過ぎてからになってしまった。

部屋までの短い距離。

ついつい速足になり、最後は駆け上がるように階段を上って彼の部屋のドアを開ける。

「ごめん、遅くなって」

ノックもいらない仲になっていたから、そのまま飛び込むと、そこには上半身裸の笹子さんが立っていた。

「…エッチ」

冗談めかして言いながら、彼が脱ぎかけていたワイシャツを捨て、いつものくたびれたTシャツに袖を通す。

でも俺は上手く笑えなかった。

彼の裸を見たからではない。

男同士だし、上半身だけだし。

ただ、彼の剝《む》き出しの背中にあった傷に、目が留まってしまったからだ。

右の肩口から肩甲骨を掠《かす》めるように斜めに残った真っすぐな傷痕。

「怪我…、したの？」

俺が問いかけると、彼は困ったように笑ってズボンを穿《は》き替えた。

「昔な」

ヒゲは戻っていないが、いつもの笹子さんの姿だ。

「スーツを喜んでたから、着替える前にもう一度見せてやろうかと思ってたんだが、遅かったから面倒になって着替えてたんだが…。もっと早く着替えてりゃよかったな」

俺は靴を脱いで中に上がり込んだ。

「見られたくなかった？」

「気持ちのいいもんじゃないだろ」

そんなことはない。

「何で怪我したの？」

俺の率直な問いかけに、彼はまた口元を歪《ゆが》めた。

「訊いちゃダメなら言わなくていいよ」

その表情で、失礼だったと気がつき慌ててフォローする。

だが彼は答えてくれた。

「いや、別にいい。ちょっと事故っただけだ」

「痛かった？　まだ痛む？」

訊いてもいいという態度だったので、続け様に問いかける。

「もう何ともない」

「でも怪我した時は痛かったよね？」

シャツ越しに背中に触れたが、傷を感じるほどの凹凸はなかった。

「興味あるのか？」

「興味って言うか…、心配」

「もう治ったのに？」

「だって、俺は初めて見たから」

「しょうがねぇなぁ…」

笹子さんは背中を向けたまま、シャツを肩まで捲《めく》り上げた。

「ほら、完治してるだろ？」

真っすぐな傷口。

どうしたらこんな傷ができるんだろう。肉が盛り上がってそれを塞ごうとしているが、傷のあるところだけ産毛もないつるつるな肌になっている。

古傷、と言ったけれど、そんなに古いようにも見えない。

「くすぐったいよ」

思わず触れてしまった俺の指を遮断するように、彼はシャツを下ろした。

「あ、ごめんなさい」

「もう痛みもしないから、心配すんな」

「でも、怪我した時は痛かったでしょう？」

「そりゃあな。スーパーマンじゃないから。これで前の仕事も辞めることにしたし」

「前の仕事って？」

「それは秘密だ。それより、土産買ってきたぞ」

「いいって言ったのに」

「パンツ一丁でお見送りしてくれた礼だよ」

「シャツも着てたよ」

話題が逸《そ》らされたから、それ以上は訊けなかった。

怪我をするのは怖い。傷つくのも、傷つけられるのも怖い。

痛みというものを知っているから、俺は彼の傷が忘れられなかった。

「シケた顔するな。ほら、タコ焼きせんべい」

項垂《うなだ》れる俺の目の前に、タコの絵が描かれた箱が差し出される。

「何、これ？」

「それと、これだ」

小さな紙袋が、箱の上に置かれる。

「開けてみな」

と言われて袋を開けると、中からタコ焼きのストラップが出てきた。ちゃんとソースもノリもかかっていて、楊枝《ようじ》まで刺してあるタコ焼きだ。

「すごい、可愛い」

見るなり、俺はゲラゲラと笑った。

「こういうの好きかと思ってな」

「好き。すぐに携帯につける」

俺は何の飾りもついていない自分の携帯電話に、そのストラップをつけた。

「どう？　可愛い？」

「俺にはよくわかんねえな。だが喜んでくれて何よりだ」

笹子さんは満足そうに言って、俺の頭を撫でた。

「さ、じゃあメシにするか」

「あ、ごめん。すぐ作る」

「いや、今日はいい」

「でもお腹空いてるんでしょう？」

「今日は俺が作ってやる」

「笹子さんが？　料理苦手なんでしょう？」

「鍋ぐらいは作れるさ。すぐに支度するから、ちょっと待ってろ」

「手伝うよ」

台所へ向かう彼を追いかけて隣に立つ。

この人の優しさは、もしかしたらあの傷のせいかもしれない。

自分が辛い目に遭ったから、他人に優しいのかも。俺が殴られた傷を放っておけなかったのも、自分が痛みを知っていたからなのだろう。

「野菜、よく買えたね」

「今時はコンビニでも売ってるからな。でも、カニは大阪《おおさか》で貰《もら》ってきた」

「カニ鍋？　豪華」

「土産で持たされただけだ」

「お友達と一緒で、楽しかった？」

「もう楽しいって歳じゃねぇよ。ただ、挨拶程度だ」

「俺がいなくて寂しくなかった？」

「静かだった」

「酷い。俺、そんなにうるさくないよ」

俺は寂しかったよ。

会いたくて、会いたくて、毎日隣の部屋の物音に聞き耳を立ててた。

「そうだな。今のは冗談だ」

笹子さんが咥えるタバコの匂いに、彼が帰ってきたという実感が強まる。

自分はタバコは吸わないし、店でも飲食店だから周囲に吸う人はいないので、タバコの匂いは俺の中で笹子さんの匂いだった。

その匂いに包まれながら、この人がずっと自分の隣にいてくれますように、と願った。

彼のいない生活を、もう考えたくなくて。

一人になるのが怖くて。

「シンクの下にコンロあるから出してくれ」

「はい」

離れたくないほど、笹子さんが好きだから。


鍋は美味しくて、久々に食べた本物のカニもすごく美味しくて、大満足だった。

食事の最中、行ったことのない大阪の話を聞きたいと言ったのだけれど、笹子さんは飲みに行ってばかりだから観光はしなかったと言ってあんまり話してくれなかった。

その代わり、彼の仕事の話は少しだけしした。

どうやら笹子さんの書いてる原稿は、飲み屋さんのルポらしい。だから、大阪で飲み歩いていていたのも、仕事の一環なのだそうだ。

食事が終わっても、今日はすぐに帰りたくなくて、俺は親切ごかして少し部屋を片付けてあげると申し出た。

いつの間にかまた増えた本とＤＶＤで、足の踏み場もなくなっていたので。このまま放っておくと、食事をするスペースを侵食されるという切実さもあったので。

「俺は手伝わないぞ」

と言いながら、パソコンに向かった彼の後ろで、本を作者別、大きさ別に重ね、ＤＶＤをダンボールに詰める。

寝室には入れてくれなかったが、取り敢えず寝転がれる程度のスペースを作る。

「俺の部屋より広いんだから、もっとちゃんと片付ければいいのに」

「面倒なんだよ。それに押し入れは空っぽだから、いざとなったらそこへ押し込む」

「押し入れ空なの？　だったらそこにしまえばいいのに」

「だから面倒なんだって」

「もう…」

ちょっとのつもりだったのだが、それを聞いては放ってはおけなくなってしまった。

「押し入れ、開けてもいい？」

「いいぞ」

許可を得て襖《ふすま》を開けると、確かに中には掃除機が一つ入っているだけだった。

服はクローゼットがあるし、布団はベッドみたいだから、押し入れに入れるものがないのかもしれないが、それならこの本やＤＶＤを入れればいいのに。

「今度、店の定休日の時、ゆっくり片付けてあげるよ」

「本格的にやってくれる気があるなら、バイト代出してやるよ」

「ホントに？」

「ああ。休み何時だ？」

「火曜」

「じゃそれまで来なくていい」

「…え？」

「暫《しばら》く仕事が忙しくなるから、何時メシ食って何時寝るかわかんないんでな」

仕事か…。

折角また顔が見られると思ったのに。

「その代わり、火曜までに原稿上げとくから、火曜は昼間一緒に出掛けよう」

「昼間一緒に？」

「本格的に片付けるなら、棚とか買わないとダメだろう」

「うん。でも…、俺、ちゃんとしたところに行けるような服、持ってないよ」

「近所のホームセンターに行く程度だ。この間みたいなパンツ一丁じゃなきゃいいさ」

笹子さんのからかうような笑顔に、俺はムクれてみせた。

「あんな格好で出掛けるわけないでしょう。あれは寝過ごしたらお見送りできないと思ったから、焦ってただけだよ」

「そうしろ。ほら、今日はもう帰って寝ろ。明日も店だろ」

「はーい」

もう少し一緒にいたかったけど、旅行で疲れているだろうし、仕事を始めてしまったから、俺は素直に帰ることにした。

部屋に戻ると、シャワーを浴び、ベッドに入る。

耳を澄ますと、彼の部屋は静かだった。

何だ、いてもあんまり物音は聞こえないんだ。いや、まだ仕事をしてるから、部屋が遠いせいだろう。

それでも、彼が壁一枚向こう側にいると思うと、ほっとした。

「火曜か…」

二人で出掛けるなんて初めてだ。

たかが買い物に過ぎなくても、昼間二人で外を歩くのは特別。その約束だけでも嬉しくて、思わず顔がにやける。

自分にも、待ち遠しいイベントがある。

一緒に出掛ける相手がいる。誘ってくれる人がいる。

笹子さんがいる。

ただそれだけで、楽しかった。


翌日は随分と店が忙しかった。

土曜で、月末のせいだろう。

客は引きも切らず入ってきて、席がないからと断る場面もあった。

「たまにはこうでないとな」

店長は忙しいと繰り返しながらも、どこか上機嫌。俺達も、ここのところのガラガラぶりには不安を抱いていたが、少しほっとした。

「今井さん、転職考えなくてもいいんじゃないですか?」

「うるさいな」

そろそろ夜も冷えるようになってきたので、メニューには鍋が出て、それがまた好評だった。

野菜を切っては盛り付け、洗い物をして、テーブルを片付けて、ビールを運ぶ。

「リョージ。今日は遅番いいか？」

「ＯＫです。何時でもやりますよ」

働く時間が長くなれば、時間給の俺にはありがたい。まして、今は笹子さんの部屋に行けないので、帰りの時間を気にすることもない。

だから、いつもより長く店に残った。

延長されると賄いのメシも出るので、それもありがたい。

「いい夜だったな」

店長の言葉に、自分も頷《うなず》く。

「そろそろシャツの下に何か着ないと寒いっすね」

「鍋のコンロが暖房代わりになって、結構あったかいだろう」

「見てるお客様が寒がるかも」

「若いんだから、もうちょっと我慢しろよ」

「店長はガス台の前、立ちっぱなしだからいいですけど、レジ前寒いですよ」

そんな会話をしながら忙しく働く。

ラストオーダーが終わっても客は残り、最後の客が帰ってから洗い物と清掃をして、店を出たのはもう夜中の三時だった。

「久々、疲れた」

着替えをして外へ出ると、夜明け前の詰めたい空気に肩を竦める。

街灯の明かりの下、とぼとぼと辿《たど》る家路。

アパートに到着して部屋を見上げると、笹子さんの部屋も暗かった。

「もう寝たのかな」

ここから見える明かりはキッチンのものだから、奥にいるのかもしれない。

仕事が忙しいと言ってたのだから、きっと今頃パソコンに向かって、咥えタバコでキーを叩いているだろう。

何にも喋《しゃべ》らなくてもいいから、その傍らにいたかったな。

「いいんだ。火曜には一緒に出掛けるんだから」

時間が時間だから、俺は足音を立てないように階段を上り、自分の部屋へ入った。

人気《ひとけ》のない部屋はひんやりとしていて、そろそろ暖房器具のことを考えるべきかも、と思わせた。

ストーブか、コタツか。

両方持ってはいるが、電気料金のことを考えると、出すのはどっちか一つだな。

寒かったから、今夜はお湯を張って湯船に身を沈めた。

十分に身体を温めてから出て、寝間着に着替える。

夏の間はパンツ一丁にTシャツだったが、今夜はスエットを出してそれに着替えた。

疲れていたので、テレビも点けず、本も読まずに入るベッド。

明かりを消して横たわり、つい最近の癖で隣室の物音に聞き耳を立てる。

笹子さんは起きてるだろうか？　それとももう寝てしまったか。

起きていると物音はしないのだが、寝てる時はどうなのだろう。イビキとかかいてたら、それが聞こえるだろうか？

そんなことを考えていると、壁の向こうから何かが聞こえた気がした。

まさか本当にイビキだろうか？

ベッドに大の字になってひっくり返っている彼の姿を想像してクスリと笑う。

だが、澄ませた耳に届いたのはイビキではなかった。

「…呻き声？」

微かに響く低い声。

一瞬、彼が苦しんでいるのかと思った。

具合が悪いとか、夢見が悪いとかで、うなされているのかと。

だがすぐにそうではないことに気がついた。

『あ…、そこ…』

薄い壁を通してはっきりと聞こえた声。

それは笹子さんのではない男の声だった。

続いて『あぁ…』とか『いい…』という声が響く。

これは…。

声の意味を理解した途端、心臓がバクバクした。

この声は、呻き声ではない、喘《あえ》ぎ声だ。

この壁の向こうで、性行為が行われているのだ。

笹子さんだって大人の男、そういう相手がいて当然だ。でも響いてくる声は低い。とても女のものとは思えない。

『壁越しに男の声と呻き声が聞こえたもんだから、てっきりそういうことをしてるんだと思ったよ。悪かったな、自分がそっちの人間だから短絡的で』

笹子さんが、初めて俺に声をかけてくれた日に口にした言葉を鮮明に思い出す。

そうだ、彼は確かにそう言った。

俺と兄貴のケンカの声を聞いて、俺が男とそういうことをしていたと誤解した、と。

俺達は壁から離れたとこで争っていた。だからケンカの声をそういう声と聞き間違えたのだろう。でなければ、壁際で泣いていた俺の声を、喘ぎ声と思ったのかも。

どちらにしろ、彼は『声』でセックスを想像した。

彼は、そっちの人間だから。

男を相手にする人だから。

つまり、聞こえて来るこの声の相手は男なのだ。

壁一枚向こう側で、笹子さんが『男』を抱いている。

そう思った途端、ゾクリとした。

その『ゾクリ』がどういう意味なのか、自分でもわからないけれど、とにかく鳥肌が立つような『ゾクリ』を感じた。

俺の知ってる笹子さんが、この壁の向こうで、男を抱いている。

いつもの穏やかな表情で？

違う。

きっと俺の見たこともないような顔をして、だ。

そしてまたゾクリとする。

俺は、女を抱いたことはなかった。

いや、一度だけ抱いたか。

高校の時に付き合っていた女の子と一度だけそこまでしたことがあった。

でも、お互い初めてで、失敗した。

苦い思い出だ。

その後も彼女と呼ぶような関係になった女の子がいないわけでもなかったが、いつもキス程度で終わる関係だった。

最初の経験がトラウマになったのかもしれないが、そうなりたいと思うほどの相手ではなかったということだろう。

こうなってからは、女にかける時間も金もなかったから、恋愛そのものを生活から切り捨てていた。

自慰すら、殆どしなかった。

でも、セックスがどういうものかはもちろん知っている。

男同士で何をするかとか、どうなるかということも、知っている。

笹子さんが今、『それ』をしているのだ。

男の平たい胸を、彼は弄《いじ》るのだろうか？

性器を舐めたり、舐められたりするのだろうか？

嬌声を上げる相手の男に、何をしてやっているのか。

相手の男は、あの傷を見たのだろうか。傷の理由を知っているのだろうか。

顔の想像もできない誰かが、全裸の笹子さんの身体に腕を回す姿を想像する。

背中の傷に手をかけ、掻《か》き毟《むし》る姿を想像する。

考えてはいけないと思うのに、声が妄想を後押しする。

そんなはずがあるわけないのに、ベッドの軋みがこちらに伝わって、自分のベッドが揺れているような感覚を覚える。

俺は、そっと自分の下着の中に手を入れた。

…反応してる。

カチカチというわけではないけれど、芯ができている。

隣の男の声に？

…違う、想像の中の笹子さんの裸に、だ。

昨晩見てしまっただけに、彼の裸が生々しく想像できてしまって、妄想をリアルにしてしまうせいだ。

俺に触れるあの大きな手が、男の肌の上を滑ってゆく。

タバコを咥えているあの唇が、他人の唇と重なり、他人のモノを口にする。

まだ見たこともない彼の性器が、他人の身体に…。

自分の手が、自分のモノを握ったまま動き出すのに気づいて、俺はガバッと起き上がり、音を立てぬようそうっとベッドから下りた。

いけない。

大切な友人をオカズにして抜くなんて、しちゃいけない。

声が届かない場所を探して、俺はトイレに飛び込んだ。

自分でするのもご無沙汰《ぶさた》だったからいけないんだ。

一発抜いてすっきりすれば眠れるはずだ。

トイレに座って下を脱ぎ、女の裸を思い浮かべた。

ふっくらとした胸、くびれた腰、張った尻。

長い髪となまめかしい唇。

エロ本もエロＤＶＤもないから、頭の中でそれを調達する。

そうだ、以前好きだったあのアイドルがいい。彼女の顔ならよく覚えている。今もテレビの中で笑ってるあの可愛い娘を抱いて、キスして、服を脱がせばいい。

「う…」

自分の硬くなったモノを、あの柔らかい身体に挿入する。

現実では会うことすらできない相手を抱けるなんて、妄想ならではのことだ。

だが、妄想は本や映像のように忠実ではなかった。

現実そこにあるものならば、最後までその姿のままそこにあるだろう。けれど妄想は自分の意思とは関係なく姿を変える。

「あ…」

頭の中にこびりついた、どこの誰ともわからない男の喘ぎ声が、にっこり微笑むアイドルの女の子を押しのけて笹子さんの背中を思い出させる。

でも手が止まらない。

「…っ」

トイレットペーパーを思いっきり引き抜いて自分の先を覆い、最後を迎える瞬間、俺の頭の中は女の裸と笹子さんの背中でごちゃごちゃだった。

どっちに欲情したのか。

どっちでイッたのか。

「ふー…っ」

脱力する身体。

汚れたトイレットペーパーを便器に投げ捨てて流す。

身体の中に疼《うず》いていた甘酸っぱいものも、一緒に流れてゆく。

行為は、まだ続いているだろうか？

ベッドに戻ったら、またあの声を聞くことになるかも。

それは嫌だった。

自分の大切な友人を汚すような気がして。

「一時間もあれば…、終わるよな？」

でもその一時間、どうすればいいのか。

テレビを点けたら、隣の部屋に聞こえて、俺が起きてるってわかってしまうかもしれない。

今夜はいつもより帰宅が遅かったから、彼は俺が寝ていると思ってそういうことを始めたのだろう。

今までだって、気づかなかっただけでこういうことはあったのかもしれない。

彼は最初の日以降、自分の性癖について話したことはなかった。

だからこそ、俺も平気で遊びに行けたのだ。だとしたら、俺がそれを知ってしまったことを伝えて、ギクシャクしたくない。

俺はそっとベッドに戻って布団だけ引ったくると、台所に近い方の部屋で丸くなった。

もう寒いけど、眠れないってほどじゃない。畳の上で寝ることだって苦ではない。

早く眠ってしまえば、妄想から逃れられる。

そう思って…。


寒い。

身体が冷える。

一人だから、温めてくれるものがないから、とても寒い。

「聞こえてたんだろ?」

枕元で声がしたので、俺は慌てて起き上がった。

「誰?」

俺、部屋の鍵かけてなかったか？

バカ兄貴に侵入されないように、部屋にいても鍵をかける習慣をつけたはずなのに。

「聞こえてたんだろ？」

暗闇の中から手が伸びて、俺の頬に触れる。

その手を見ただけで、俺はそこにいるのが誰なのかわかった。

「笹子…さん…？」

「そうだ、俺だよ」

名前を呼んだ途端、顔が近づいて視界に入る。

目が慣れたのか、薄闇の中でもはっきりと、彼の顔が見えた。

「あ、あの…」

「壁ごしに聞いてたんだろ？　イイ声を」

「それは…」

「それで、自分でしたんじゃないのか？」

バレてる。

俺は思わず顔を赤くした。

「だって、俺、若いし…。そういうこと、ご無沙汰だったから…」

「照れるなよ。いいじゃないか。俺としては嬉しい」

「嬉しい？」

「お前も男がイケル口だってわかってな」

彼がベッドの端に腰を下ろす。

下は穿いていたけれど、上半身は裸だった。

「別に男がイケルとかどうとかってことじゃ…」

「じゃあ気持ち悪かったか？」

それには首を振った。

だって、それを否定したら、彼を否定することになる。

それだけはしてはいけないことだとわかっていたから。

「じゃあ感じたか？」

答えられない。

ゾクリ、とはした。

反応はちょっとだけしてしまった。

でもそれを言うと、自分が彼に欲情したってことになる。友情を汚してしまったことになってしまう。

「わかんないのか？」

水を向けられて、俺はそれに飛びついた。

「わかんないよ。考えたこともないもん」

「何を考えたことがないって？」

「男同士で…、そういうことをするって」

「だが知ってはいるんだろう？」

「…うん」

細い笹子さんの身体は、筋肉がしっかりついていた。

この間ちらりと見た時も思ったが、細マッチョってヤツだ。筋肉が隆起しているのに、関節の骨や、筋がはっきりと見て取れる。

「じゃあ試してみるか？」

「試すって…」

「できるかどうか、さ」

頬に触れていた手が耳を撫でる。

優しいその撫で方に、ゾクリとする。

「あ…」

その『ゾクリ』は、声を聞いた時の『ゾクリ』と同じだった。

鳥肌が立つような、身体の奥がざわつくような。

「止めてよ。俺、そっちのケはないよ」

「嘘つくなよ。俺がいない間寂しかっただろ？」

「そはれ…」

手が、耳の後ろから髪の中に差し込まれる。

「声聞いて、俺のこと想像しなかったか？」

髪の中をかき回すように手が動く。

「う…」

「その気があったから、俺を誘ったんだろ？」

「誘ってなんか…」

「パンツ一丁で俺の前に姿を見せたじゃねぇか」

「あれは…」

何度も指摘されたのは、意識されてたからだったのか。

「あれは全然意識してなかったから。男同士だから別に気にするほどのことはないと思って」

「男同士だから気にしない？　だったらこれだって気にしねぇよな？」

荒くなる彼の言葉遣いに緊張する。

だがそれより、髪に触れていなかった方の手が俺の服にかかると、もっと緊張した。

「男同士だ。別に裸ぐらい平気だろ？」

手が、シャツを捲る。

胸に、手が触れる。

「さ…、笹子さん…」

「下も平気だよな？　パンツ一丁で外に出てくるんだから」

スエットの下も引き下ろされる。

「笹子さん！」

「意識してないんなら平気だろう？」

彼は、今度は両手を使って俺の下着を引き下ろした。

「あ」

露《あらわ》になった下半身。

自分でも驚いたことに、俺のモノは硬くなっていた。

ちょっと反応があるなんてものではない。勃起して、天を仰いでいる。

「何だ、その気があるじゃねぇか」

「こ…、これは…」

「俺に触って欲しかったんだろ？」

「違う」

手が、ソコに触れる。

さっき自分でしたのとは全然違う感覚。

細い、節くれだった指が、俺のモノに絡みつく。

「あ…」

じわっ、と熱が全身に広がった。

「声聞いて、想像してたんだろ？」

…していた。

彼がどんなふうに男を抱くのか、考えてしまった。

いけないと思いつつも、きっとこうしているんだろうという映像が頭の中に浮かんでいた。

「自分だったらよかったのにって思ったんだろ？」

それは思っていない。

笹子さんと寝るなんて、一度も考えたことはない。

「してやるよ」

「や…、やだ…」

「ほら」

彼の顔が俺の股間に近づく。

「あ、あぁ…」

口が、俺のモノを包み込む。

熱く柔らかいものに包まれて、硬くなってゆく。

舌が、俺の形をなぞって濡《ぬ》らしてゆく。

心臓が、煩《うるさ》いほど鳴っていた。

他人にされることがこんなに気持ちいいなんて、思ってもみなかった。

「う…」

「どうした？　やっぱりダメか？」

ダメじゃない。

相手が男でも、口でされるのには男女の差なんてない。

でも、相手が笹子さんだと思うと、罪悪感がつきまとう。

「集中できないのか？　これでも？」

根元を握られ、舌が這《は》い上がってくる。

「待って、笹子さん…っ！」

ヤバイよ。

だって、こんなことしたら、俺もう笹子さんと普通に会えない。

「待つ？　いいぜ、待ってやろうか？」

手と顔が離れてくれたから、ほっとする。

「はい、終わり」

だが離れたのは一瞬だった。

「笹子さん…！」

身体を引っ繰り返されて、俯《うつぶ》せにされる。

俺、そんなに体力ない方じゃないし、身体だって小柄ってわけじゃないのに。彼は簡単に俺を操った。

「あ…」

脇腹から差し込まれた手が、撫で上げるように胸に届く。

乳首が摘まれて、先だけを弄られる。

男の胸だから感じないけど、触る方は楽しいんだろうか？

「笹子さん…。もう止めようよ。こんなの違うよ」

「男がそう簡単に止められるわけねぇだろ」

「でも…」

「こっちのがよかったか？」

手がまた下に伸びる。

前に触れ、扱《しご》かれる。

ダメだと思っていても、男の生理が反応して、体温が上がる。

「あ…、や…」

出る。

「俺もそろそろ入れるかな」

「入れるって…」

「決まってるだろ。男同士なんだから、ココを使うんだよ」

彼の指が、尻の穴に触れた。

「無理！　絶対無理！」

慌てて逃れようとしたが、腰が押さえられてしまう。

「大丈夫。リョージは俺が好きだろう？」

好き…。

俺は笹子さんが好き？

そりゃ好きだけど、こういう関係になることは考えたこともなかった。

「それとも、俺が嫌いか？　だったら止めてやるぞ？　その代わり、もう二度と俺の部屋には来るな」

「…そんな！」

「俺はもうお前のことをそういう目でしか見られない。来たら食うぞ」

「食うって…」

「選べよ。選ばせてやる」

そんな究極の選択に今すぐに答えを出せだなんて。

「どうした？　リョージ」

「…会えなくなるのは嫌だ」

「じゃ、いいんだな？」

男に抱かれる…。

別に殺されるわけじゃないし、気持ちいいし、相手が笹子さんなら…。

「いいんだな？」

俺が何も言わずにいると、笹子さんが俺の身体に触れた。

ゾクゾクする。

彼の指を肌に直《じか》に感じて、鳥肌が立つ。

笹子さんのモノが当たる感覚がある。

「や…」

怖くて、目の前のシーツを強く握った。

彼が入ってくる。

「あ…」

太くて硬いモノが、身体の中に入って来る。

手が前を握り、忙《せわ》しなく扱く。

「や…、笹子さん…」

気持ちいい。

「ダメ…」

「ダメ？　『いい』の間違いだろう？」

「いい…、いいからダメ…」

気持ちよすぎる。

頭がくらくらするくらい気持ちいい。

トイレで自分でしてきた時とは全然違う。

「笹子さん…」

苦しい。

この快感を与えてくれてるのが、彼だと思うと、胸が苦しい。

「俺が好きか？　他のヤツを抱くのが許せないくらい、俺に抱かれたいと思うくらい」

…好き。

あの声を聞いた時、ショックだったのは、それが俺じゃなかったから？　こうなって、嫌悪感も恐怖もないのは、こうして欲しかったから？

「リョージ」

いなくなって、寂しかった。

旅行だってわかってたのに、戻ってくるってわかってたのに、会えないことが寂しかった。

戻ってきてくれた時の喜び。

またこれから彼に会えると思うだけで弾んだ胸。

抱かれたら、俺は笹子さんのものになる？　俺を特別にしてくれる？

だったら、俺はこういう関係でもいい。彼に抱かれてもいい。俺は、もう二度と離れたくないほど笹子さんが好きだ。

「俺が好きか？」

もう一度訊かれて、今度はちゃんと答えた。

「好き。俺…、笹子さんが好き」

「いい子だ」

突っ込んだまま、彼が俺の耳元にキスして囁いた。

「俺も好きだぜ」

その一言が聞こえた時、俺は満足した。

胸の中が、熱くなって、歓喜に震えた。

ああ…。

俺はこういうふうに、笹子さんが好きだったんだ。笹子さんに好きって言ってもらいたかったんだと思った。

「笹子さん…」

彼に抱かれることが、嬉しかった。

もうとっくに、俺は笹子さんを好きになっていたのだ。

「もっと…」


目覚めと共に、身体の痛みを感じた。

背中が痛くて、身体の下になっていた左腕が痺《しび》れている。

だがそれ以上に俺を自己嫌悪に貶《おとし》めたのは、股間の不快感だった。

「…最低」

ガキじゃあるまいし、今更夢精だなんて、あり得ないだろう。

しかもその夢が、あんな夢だなんて…。

俺は畳の上で身体を起こし、そのまま下を脱ぎ捨てた。もちろん下着もだ。

フルチンのままユニットバスへ行き、上も脱ぎ捨ててシャワーを浴びた。

昨夜、あんな声を聞いたから、彼が男を抱ける人だと思い出したからって、自分が笹子さんに抱かれる夢を見るなんて。

「どうりでケツも痛くないはずだよ…」

男同士のセックスで、アナルを使うのは知っていた。中学の時、友人が持っていた雑誌で見たのだ。

みんなで、あんなトコにあんなモノが入るもんかと笑った。その本によると、もともと骨みたいにつっかえるものがあるわけじゃないから、慣れれば人間の腕だって入るとも書いてあって、あり得ないと思った。

もう少し大人になって、現実突っ込むことがあるとわかっても、それが簡単ではないであろうことは想像がついた。

薬とかローションとか使ったたって、全然痛みを感じないなんてあり得ないだろう。

「…いや、深く考えるのはそこじゃないか」

鍵のかかった部屋に、笹子さんが立ってるところで、夢だと気がつくべきだった。彼は一度も俺の部屋に来たことがないのだから。

なのに、彼がいることを疑おうともしなかった。

そこが夢ってことなのか。

『俺が好きか？』

耳元に、彼の声が響く。

現実ではないのに、忘れられない。

まるで本当に言われたみたいに、はっきりと思い出せる。

笹子さんのことは好きだ。

彼がいなくて寂しかったのも事実だ。

でもあの囁きは夢だし、答えた自分も夢の中の俺。

…では、もし昨夜夢の中で言われたことを、現実に言われたら、自分はどうする？

俺は『好き』って言うんだろうか？

抱かせなければもう二度と会わないと言われたら、抱いてもいいと答えるんだろうか？

…言ってしまうかもしれない。

自分には、もう笹子さんのいない生活なんて考えられない。

身体一つで彼を繋ぎとめられるなら、構わないと思うかもしれない。でもそれは恋愛じゃない、取引だ。

好きだから抱いて欲しいんじゃなく、失いたくないから抱かせてあげる、だ。

じゃあ俺は彼に抱かれたいと思ってるのか？

彼が取引を申し出ないで、ただ抱きたいと言ってきたら…。

答えを出したくない。

出してしまうと後戻りできなくなりそうだ。

「ばかばかしい。ただの夢じゃないか」

俺はシャワーから出て、新しい服に着替えた。

汚れた服を風呂場に持って行って、軽く洗い流す。このまま放っておくと汚れが落ちにくくなるから。

これだけをコインランドリーに持って行くのはもったいないから、家で洗ってしまおう。

今はそんな気にならないけど。

今まで、何度も彼の部屋を訪れた。

隣に座ったり、頭を撫でられたり、抱き締められたこともあった。

けれど一度としてそういうことを望まれたことはない。気配すら感じなかった。最初に同性愛者だと言われていたのに意識しなかったのは、そのせいだ。

彼が男を好きでも、きっと俺はその対象に入っていないのだ。

そう思った途端、胸がきゅっと締めつけられた。

俺は彼の対象外…。

笹子さんがベッドへ呼び入れた人間より、自分は彼にとって遠い存在なのだ。俺には彼だけだけれど、彼には俺なんかその他大勢のうちの一人。

真夜中に時間の都合がつくのが俺だけだから、あの時間は俺のものだった。

でも昼間は、他の人間と共に過ごしているのだろう。

もやもやとした気持ち。

彼が好きだけれど、彼が大切だけれど、その気持ちは一方通行。

俺と彼との間に、『性的な対象』という壁があり、俺がその壁を乗り越えない限り、自分達はこれ以上近づくことはない。

そして俺はその壁を…、乗り越えられるかもしれないが乗り越えたくない。

あれは夢だ。

男同士のセックスが、あんなに気持ちいいだけのわけがない。そう思うと、怖い。

気持ちよくなければ、彼を拒んでしまうだろう。拒めば、嫌われるかもしれない。自分も、距離を置きたいと思うかもしれない。

反対に、気持ちよかったら、もう友達には戻れない。

「…クソッ」

あんな声を聞かなければよかった。

聞かなければ、今まで通りだったのに。

俺はベッドに乗り、隣の部屋との壁によりかかるようにして耳を澄ませた。

もう、声どころか何の物音も聞こえなかった。

笹子さんは、昨夜の『誰か』と共に寝てるのかもしれない。

自分も、彼の隣で眠りたい。彼の側でなら、ゆっくりと安心して眠れるはずだ。

「違うだろ。俺は別にそういうことを望んでるんじゃなくて…」

頭の中が混乱する。

自分が何を求めているのか、彼をどう思っているのか、考えれば考えるほど、わからなくなってくる。

「火曜日まで会えなくてよかった」

俺はベッドを下り、インスタントのコーヒーを淹れた。

彼と再び会うまで、時間の猶予がある。

それまで、このこんがらかった頭を何とか整理しよう。せっかく彼と出掛ける約束をしたのに、こんなことでそれを楽しくない時間にはしたくない。

あの声のことは忘れるんだ。

ただ彼が好き、それだけでいいんだ。

「苦…っ」

粉を入れすぎて苦くなったコーヒーを飲み下しながら、俺はタメ息をついた。

辛いことを忘れるのは、得意じゃないか、と苦笑して。

人間には、『忘れる』という機能がついている。

そのことに、自分は感謝した。

突然グレてしまった兄のことを『忘れた』から、俺は平穏な生活を送ることができた。

両親が亡くなり、兄に騙されたことを『忘れた』から、新しい生活を始めることができた。

慎ましやかで平凡な時代を『忘れた』から、今の生活に順応できている。

だから、俺はあの声のことも『忘れた』。『忘れる』ように努力した。

難しいことじゃない。

意識を他に向けてしまえばいいだけだ。

本を買うほどの余裕はないから、駅前の本屋で料理本の立ち読みをしてレシピを増やしてみたり、店で店長から新しい料理を教えてもらったり。

「お前、料理に興味が出たんなら、いっそ調理師免許を取ったらどうだ？　免許取ったら将来自分で店が開けるぞ」

あんまり色々訊くので、店長にはそんなことを言われた。

「料理学校に行く金がないっすよ」

「才能はあるみたいだがなぁ」

お世辞だとは思うが、それは嬉しい一言だった。

料理の腕がある、と他人が認めてくれるということは、笹子さんが自分の料理を本当に気に入ってくれているという自信に繋がるから。

火曜日は、外に出掛けるけれど、夜には戻ってくる。

その時、彼を驚かすような何かを作ってあげたい。

一緒にいる理由を、ちゃんと作りたい。

あの声の主が、身体で彼を繋ぎ止めているのだとしたら、俺は彼を料理で繋ぎ止めたい。さもしい根性かも知れないけれど、今のところ自分に自信が持てそうなものがこれしかないから、料理で頑張るしかない。

笹子さんは、きっと交友関係も広いんだろうな。

大阪なんて離れた土地に友人がいるぐらいだし。仕事をしてるなら編集部の人とかとも付き合っているわけだし。作家仲間っていうのもいるかもしれない。

それに比べて自分は、店の人間とさえも、店から出たら個人的な付き合いなどいっさいない。

店長は年上すぎるし、上司だし。

今井さんと俺以外はバイトで、人の入れ替わりが激しいから仕方がないんだけど。

友達なんて、作る気もなかった。

一緒に遊ぶ時間も金もないし、自分の複雑な事情を話す気にもなれなかったから。

笹子さんは特別だ。彼は、向こうから声をかけてきてくれたのだし、大人だから俺の事情も簡単に流してくれた。

彼を『特別』と思うと、胸の奥が少しチクリとする。その理由は突き詰めないけど。

時間と共に、だんだんと気持ちの整理がついて、声のことも忘れて、平穏を取り戻す。

俺は俺のやり方であの人と一緒にいればいい。

月曜の夜にメールを送った時には、もうそのことは頭の片隅に追いやっていた。

『明日、何時に出掛けますか？』

送ったメールには、すぐに返事が返ってきた。

『悪い。午後からにしてくれ。朝イチアップで寝てから出る。メシは外にしよう』

よかった。予定はキャンセルにはならなかった。明日にはまた笹子さんに会える。

でも午後からか…。

夕飯、作ってあげたかったのに。

『時間決めてください』

もう一度送ると、『三時』とだけ返信が来た。

三時は、出掛けるには遅い時間だが、普段から夜中も起きてる彼としては、妥当な時間なのだろう。

メールの文面に、変に構えた様子はない。

いつもの、友人に送ってくるような文面だ。

俺達は、俺達の付き合い方がある。

迷惑にも思われていないし、駆け引きもされていない。

これでいい。この方がきっと、長く付き合いが続けられる。

明日はきっと楽しい一日になるだろう。

「三時まで何で時間を潰《つぶ》すか考えとかないと」

今の自分の心配は、せいぜいそのくらいだった。


仕事が終わって部屋に戻ると、すぐに眠ってしまったので、起きたのはまだ午前中だった。

「十時か……」

時計を見て、ほうっとタメ息をつく。

無趣味だからな。あれから色々考えたけど、特に時間を潰す方法は見つからなかった。

仕方ないので、朝食にパンを齧《かじ》り、作り置きした野菜のシチューで流し込むと、汚れ物を持って近くのコインランドリーへ向かう。

彼から借りた本はもう読み終わっていたので、コインランドリーでは誰かが置き忘れて行ったマンガ雑誌をパラパラと捲った。

外はもう昼間でも上着が欲しいぐらいの寒さになっている。

暖房はなくても、乾燥機の熱で暖まったコインランドリーは、居心地がよかった。

早く部屋にも暖房器具を出さないと、いつか突然寒い日がやってきて慌てることになるかも知れない。

でもまだコタツか電気ストーブか決めかねるんだよな。

コタツがあると、絶対そこから動かなくなりそうだ。

ほかほかになった洗濯物を持って、コインランドリーを後にしても、まだ十二時。

笹子さんはまだ眠っているだろう。あと三時間も何をしていようかと考えながら部屋のドアを開けようとして、その手を止めた。

「…な…に？」

ドアノブの下についている鍵穴が、ひしゃげている。

洗濯に出て行く時には何ともなかったのに。

その時、中でゴトンという音が聞こえた。

まさか、という思いでドアを開けると、そこには俺に背を向けてタンスの前に屈《かが》み込む兄貴の姿があった。

洗濯物を入れた紙袋が、足元に落ちる。

「な…、何してんだよ！」

靴を脱いで部屋の中に突進する。

屈んでいた兄貴の背中にしがみつくと、強い力で弾き飛ばされた。

「チッ、帰ってきやがったか。うるせぇな。静かにしてろ」

咄嗟《とっさ》に手をついたから、どこもぶつけることはなかったが、畳で擦った手が熱い。

「何してんだよ」

「金だよ、金。持ってんだろ？」

怒鳴りながら兄貴はタンスの中身を摑んでは部屋の中にバラ撒《ま》いた。

「止めろ！」

その腕に飛びつくと、兄貴は身体を返して俺を畳の上へねじ伏せた。

「金が必要なんだよ」

ギラギラとした目。

弟を見る目じゃない。

「苦し…」

身体の上に乗られ、容赦なく首が絞められるから息ができない。

「ちょっとヘタこいてよ、どうしてもまとまった金が必要なんだ」

甘えるような猫撫で声。

「そ…んなの知るか…」

「弟なんだから、協力しろよ」

にやにやとした顔に怒りが湧《わ》く。

いつも、

いつも、いつもこうだ。

「いつもそんなことばっかり言って。お前が兄貴らしいことしたことがあんのかよ」

「何だと？」

「俺だって金なんかない。いつまで他人にタカッて生きてくつもりなんだよ。お前なんか寄生虫だ。兄弟なんかじゃない」

「黙れ！」

拳で顔を殴られ、目眩《めまい》がした。

だが、暴力はそれ一発では終わらなかった。

「小賢《こざか》しいこと言ってんじゃねぇよ。お前はなあ、俺のために働けばいいんだ」

二発、三発。

「俺だってお前のことを弟だなんて思っちゃいねぇよ。お前みたいないけすかねぇガキを弟だなんて思えるわけがねぇだろ」

口の中が切れて、痛みと共に血の味が広がる。

痛くて、怖くて。

これ以上傷つかないように、振り下ろされる拳から逃れるように目を閉じて顔を背ける。

「お前は俺の下僕だよ。俺の言いなりになる道具だ」

なんでこんなに憎まれるんだろう。

どうしてこんなに変わってしまったんだろう。

小さい頃はこんな人じゃなかったのに。

嘆きと悲しみ。でもそれ以上に悔しさと怒りが全身に広がる。

「金はどこだ？」

黙っていると、パンッ、と頬が叩かれる。

「金はどこだって訊いてんだろ」

「言わない…」

「ああ。そうかよ。だったらいいぜ。勝手に探すから」

「止せ…」

「うるせぇよ」

兄貴が俺の上から退いた。

だがそれは俺を解放したわけではなかった。

「ぐぇ…っ」

拳を逃れるために目を閉じていたから、防御の体勢も取れなかった俺の腹を、思いっきり踏み付けるために離れたに過ぎなかった。

内臓が潰される感覚に吐き気がする。

「が…」

身体を丸める間もなく、二回目が来る。

痛い。

痛い。

痛みで涙が零れるほど痛い。

押し潰されて感じた吐き気は、二発目を食らうと実を伴ったものになった。

口いっぱいに広がる酸っぱいもの。

消化途中の朝食が口から零れ出る。

「汚ねぇな」

冷たく言い捨てられる声と、ガタガタという家捜しの音。

「や…ろ…」

「へへ、何だ。ちゃんと稼いでんじゃねぇか」

そのセリフに目を開けると、兄貴の手にテレビの下の棚に隠していた俺の通帳と判子が握られていた。

「六十万ちょっとか。結構貯《た》め込んでるじゃねぇか」

「返せ…っ！」

それは、引っ越しのためにコツコツと貯めた金だった。

こいつが来ない場所へ、黙って引っ越そうと思って頑張って貯めたのだ。

「だがこれっぽっちじゃ足りねぇな。他にねぇのか？」

大切な俺の金を、あいつが盗んでゆく。

「返せよ！　あるわけないだろ」

その金を持って行かれたら、全てがなくなってしまう。これっぽっちと言う額を、俺がどれだけの思いで貯めたかも知らない男が持ち去ろうとしている。

「汚ねぇ手で触んなよ！」

行かせまいと足に抱き着くと、その足でまた顔を蹴られた。

手加減なんか、これっぽっちもない。

「しょうがねぇ。ないよりゃマシか」

「返せ…」

転がった俺に、兄貴は顔を近づけにたりと笑った。

「逃げようとか考えんなよ。俺のバックにゃモノホンのヤクザがついてんだ。どこまでだって追っかけてやるからな」

立ち上がり、向けられる背中。

「あーあ、シケた弟だぜ。もっと稼いでくれる優秀な弟が欲しかったなあ」

捨て台詞《せりふ》のようなタメ息。

憎い。

人をここまで憎んだことなどなかった。

でも、俺があいつを憎んでも、許されるだろう？

鍵の壊れたドアを開け放したまま出て行く兄貴の背中を見ると、抑えられない感情が湧き上がった。

許せない。

絶対に許せない。

「待…て…」

立ち上がった俺は、台所まで走って行き、洗いカゴに置いてあった包丁を握り締めた。

人を傷つけたくないと、ずっと思っていた。

だから、あの男の理不尽な暴力にも耐えていた。殴り返せばあいつと同じ人間になってしまう。

他人を傷つける人間になりたくない。我慢できるギリギリのところまで我慢しよう。それはあいつのためではなく、自分のためだ。

だがもうその我慢の限界を超えた。

あいつを殺《や》らなければ、こんなことが一生続くのだ。

「待て…」

包丁を手に、部屋を飛び出す。

「待てよ！　考一！」

もう『兄さん』とも呼びたくなかった。

あの男を殺してやる。

俺の全てを壊し続けるあの男を。

「待てっつってんだろ！」

裸足《はだし》のまま飛び出したが、ふらつく身体が手摺りにぶつかる。それをものともせず、階段を下りる。

だが、その途中で俺の身体は背後から抱きとめられた。

「リョージ！」

大きな手が、俺の肩を捕らえ、動きを止める。

「止めろ」

身体をすっぽりと包むように、彼が覆いかぶさり、俺の手に手を重ねる。

「リョージ」

耳元で声がする。

重なった手から、人肌の温かさが伝わる。

「そいつを放せ」

どうして止めるんだよ。

あいつが悪いのに。

俺は何にもしてないのに、あいつが俺を虐《しいた》げるのに。

どうしてその恨みを果たしちゃいけないんだよ。

「もういいから」

「う…」

包丁を握る手から力が抜ける。

「うう…」

後ろから伸びていた手が包丁を受け取り、もう一方の手が俺を支える。

「う…」

振り向いて、俺は彼の胸に顔を埋めて悲鳴のような声を上げた。

「うわぁ…あ…っ」

なんで俺だけが我慢しなくちゃならないんだ。

どうしてあいつを逃がさなきゃならないんだ。俺が自分の不幸を嘆いてはいけないのか？　俺があいつの弟だから、搾取されても仕方がないというのか？

不幸だと思いたくないのに、普通に暮らしたいだけなのに。

「なんでだよ…」

全身から力が抜け、声を上げて泣きながら俺はその場に膝《ひざ》をついた。

「リョージ…」

優しくて大好きな人が側にいて、抱き締めてくれてるのに、それよりもあいつへの憎しみが強いことが悲しくて。

ただ抱き締められるだけじゃ、この荒《すさ》んだ心が治まらないのが、悲しくて。


笹子さんに抱きかかえられながら彼の部屋に入っても、俺はずっと泣き続けた。

泣いてどうなるわけでもないのに、泣くこと以外何もできない。

自分の中に溜まったドロドロとしたものが、出口を失って渦巻いている。人を殺したいほど憎んだ感情を、昇華できない。

「人を手にかけちゃダメだ」

優しい声が響いても。

「一度でも他人を傷つけたら、お前の全てが壊れちまう」

大好きな腕が俺を抱き締めてくれても、背中を優しく摩ってくれても、涙が止まらない。

「あんな男と思うなら、あんな男のためにお前の人生を棒に振るようなことはするな」

「何で…俺が我慢しなきゃならないんだよ…。殴られて、蹴られて、金を持って行かれて、それでも俺が黙ってなきゃいけないの？」

「お前のためだ」

「俺のためだったら、あいつを殺させてよ」

「殺すなんて簡単に言うな」

「簡単じゃない！　ずっと…、ずっと…我慢してた…。でも我慢してるだけじゃ変わらなかった。あいつがいなくならなきゃ、また同じことだ…！」

「リョージ」

彼が言いたいことはわかる。

俺があいつを殺したら、どんな理由があったって俺は刑務所行きだ。慎ましやかながら平穏な暮らしなんて、送れなくなるだろう。

でも、あいつを殺さなくたって一緒だ。

あいつはまた来る。

当然って顔をして、俺の部屋に踏み込んで、俺から絞れるだけ絞り取ろうとする。

今我慢しても、この苦しみは消えない。

「もういい。全部捨てたっていい。あいつを消せるなら、どうなったっていい。俺が苦しんでるのに、あいつがのうのうとしてるなんて許せないんだ！」

嫌われるかも知れない。

こんな酷いことを言う人間なんて、もう面倒見切れないと言われるかもしれない。

俺だって、優しい人間になりたかった。笹子さんに、いいヤツだと思われたかった。でもどうにもならないんだ。

ほら、彼が呆れて俺から離れてゆく。

行かないで欲しいけど、こんな醜い人間には引き留める権利がない。

「落ち着け、リョージ」

涙と鼻水を垂らした顔に、冷たい濡れタオルがあてがわれる。

「痛ッ」

「我慢しろ」

少し乱暴にタオルが顔を拭い終わると、彼はそれを俺の手に残して、またあの救急箱を持ってきた。

「やられたのは顔だけか?」

目の前に座って、消毒液を取り出す。

「…腹も」

「脱げ」

「でも…」

「手当てしなきゃならねぇだろ。脱げ」

命じるような強い口調に、おずおずとシャツを脱ぐ。

蹴られた腹は、既に赤黒く変色していた。

「酷い目に遭ったな」

ポツリと言われた言葉に、また涙が出る。今度は泣き喚《わめ》くのではなく、ぽろぽろと涙だけが頬を伝った。

「お前が腹を立てるのはわかる。いくら兄弟でも、悔しいし、憎いだろう。だがな、手を出せば罰せられるのはお前だけだ。それこそ割に合わねぇだろう」

「じゃあ俺はどうすればいいんだよ…。痛っ」

傷に触れる消毒液で湿らせたガーゼがしみる。

でも、笹子さんはそのまま顔を消毒し終えると、軟膏を取り出した。

指がそれをすくい取り、頬に塗り広げる。

「我慢しろ」

正面から、俺を見つめる視線。

「いつまで？　いつまで我慢すれば終わるの？」

近い顔。

「抵抗する方法はあるだろう」

彼の慰めの言葉でも、胸の中の汚いものは消えない。

「どんな？」

もっと。

「…今すぐには言ってやれねぇが、一緒に考えてやる」

もっと、もっと、俺を埋めて欲しい。

でないと、俺のあいつへの憎しみが消えない。

こんな時に、俺はふっとあの夢を思い出してしまった。

彼が俺の身体に触れてきたあの夢を。

彼が、自分を満たしてくれた、あの夢を。

「慰めてくれるなら…、抱き締めてよ」

言葉だけじゃなく、この人があんなふうに俺を包んでくれたら、俺は満たされるかもしれない。

この気持ちの悪い感情を押し流してくれるかもしれない。

「笹子さん、そっちの人なんでしょう?　キスしてよ」

自分でも、何を言ってるんだ、という意識はあった。

でも俺は薬を塗る彼の腕を摑んで懇願した。

「リョージ」

ドス黒いものが自分を全て覆ってしまうのが怖い。その前に、もっと違う感情を与えて。俺が

あなたを忘れてあいつのことだけでいっぱいにならないように。

侵食してくる闇を払って。

「俺…、笹子さんのことが好きなんだ。だから、俺が一人じゃないって思わせて。俺が、憎しみだけでできてないって…、思わせて…」

声が震えて、俺は前のめりに突っ伏した。

もう泣かないつもりだったのに、涙だけが流れ続ける。

もう全てがどうでもいいと思った瞬間、俺が世界を捨ててしまった。世界が俺を見捨てたんじゃない、自分が手放したんだ。

あいつを殺したいっていう気持ちだけで、自分がいっぱいになった。そのことが、今だんだんと怖くなってきている。

「リョージ…」

笹子さんの両手が、俺の両方の手首をそれぞれ握って身体を起こさせる。

「…笹子さ…」

噛みつくように、顔を近づけてきた彼の唇が俺の唇に重なった。

「…ん」

されるキス、は初めてだった。

舌が、口の中に入って来る。

俺の舌と絡まって、軽く噛まれて、吸い上げられる。

唇の感触より、ベロの感覚のが強い。

歯が当たるんじゃないかと思ったのに、奥へ進んでくる舌が口をこじ開けるから歯の当たる音ではなく、ぐちゅぐちゅとした湿った音が響くだけ。

泣いて鼻が詰まったせいで、呼吸が苦しくなってくる。

でも止まらなかった。

止めて、と言えなかった。

頭の中が、このキスでいっぱいになる。笹子さんのことだけでいっぱいになる。

絡み合う舌に意識を集中し、自分からも彼の舌を求めた。

俺の手首を摑んでいた手が離れ、背中に回る。

抱き締められ、傷を見せるために脱いだ裸の背中に彼の指が這う。

ゾクリ、とした。

けれど次の瞬間、彼はキスを止め、俺から離れた。

「ここまでだ」

「…どうして？」

やっと息継ぎができて荒くなる呼吸の中、問いかけると、彼は微笑《わら》った。

「お前のは好奇心だ」

「そんなことない、俺は笹子さんが好きで…！」

「かもしれない。いや、きっと俺のことは好きだろう。だがそいつは恋愛じゃない。俺が欲しく

はできない」

「お前の好意を疑ってるわけじゃない。俺もお前は好きだよ。可愛いと思ってる。だがこれ以上

見透かされてる。

「お前は、何か他の強烈なことで今の感情を押し流そうとしてるだけだ」

そんなことない、とは言えなかった。

てキスしたわけでもない」

視線が外れ、彼がまた軟膏を指に取る。

「お前は男同士の恋愛を理解してない」

指は、顔ではなく腹に触れた。視線も、その痣《あざ》に向けられる。

変色していた部位に響かないように、手はそっと薬を塗り広げた。

「キスして触り合うだけじゃない。もっと生々しいもんだ。ペニスを咥えたり、ケツに突っ込んだり、な。知識はあっても経験のないお前は、最後のところで逃げ出すかもしれない」

その指先が、まるで愛撫のようだ。

「俺だけがお前に本気で惚れたら、俺が傷つく」

「誰だって…、初めてはあるよ」

「本気で求めてくる『初めて』なら考えるが、逃げるための『初めて』は信用できねえよ」

笹子さんは顔を上げ、苦笑した。

「オッサンだって、傷つくことには臆病《おくびょう》なのさ」

手が離れる。

「ほら、終わったぞ。服着ろ」

ポン、と胸を叩いた手を、俺は思わず握った。

「笹子さんの言う通りかもしれない。…でも、俺、ホントに笹子さんのこと好きなんだ」

この手を放したら、彼が自分と距離を置いてしまう気がして。自分がこんな話題を持ち出したから、態度を変えてしまうのではないかと。

「わかってるよ」

「だから待って」

「リョージ？」

「俺、ちゃんと考えるから。笹子さんの言ってること考える。だからそれまで、答えを出すのを待って」

「考えるから待って、か。ガキの恋愛だな」

だって、今真剣に答えてくれたんでしょう？　だったら、俺だって真剣に考えたい。

出かかっていた答えをごまかしたり、何かを忘れるために求めたりするんじゃなく、自分が笹子さんとどうしたいかを、ちゃんと考えたい。

結果が、どうであっても。

「服を着ろ」

「笹子さん」

「目の毒だ。服を着たら、一緒にお前の部屋に行ってやる。随分散らかされたんだろ？　片付けを手伝ってやるよ。そうしたら、一緒に出掛けて、外でメシを食おう」

手は、また俺に触れてくれた。

その顔に、笑顔があった。

「待っててやるから。お前の答えってヤツが出るまで」

向けてくれる言葉は、いつもの優しい声だった。

その声が、手が、笑顔が、好きだという想いだけは真実だった。


服を着た俺と一緒に俺の部屋に向かった笹子さんは、壊された鍵を見て、呆れた顔をした。

「ろくでもねぇな」

と呟いてから、今日中に新しい鍵をつけてもらえるようにしようと言った。

俺が戻した吐瀉物《としゃぶつ》は、自分で片付けたが、何もかもをブチ撒けられた部屋を一緒に片付けてくれた。

それから銀行に電話して通帳の紛失届けを出して、鍵や、壊れたものや、最初の目的通り彼の部屋を片付けるための棚やケースを買いにホームセンターまで出掛けた。

「今日お前にしてやることは、お前が傷ついて可哀想だからしてやりたいという俺の気持ちだ。遠慮せずに受け取れ。見返りはお前が笑うだけでいい。嬉しいと言うだけでいいから」

と言って、全てのものを買ってくれた。

新しい鍵も、食器も、服も。

あんなことがあった後なのに、彼と一緒にする買い物の時間は楽しかった。

大家さんへの連絡も、彼がしてくれた。酔って部屋を間違えた自分が、無理やり違う鍵を差し込んで壊してしまったという嘘をついて。

「警察へ届けても、相手が兄弟だと相手にしてくれない。警察官が来たことを大家に知られるのは、お前が面倒だろう」

と言って。

夕飯は、近くのファミレスで食べた。

もちろんおごりだ。

でも今日は、施しを受けたくないなんて意地は張れなかった。

鍵のかからない部屋に寝かせるのは心配だと、その夜は彼の部屋にも泊めてくれた。

「安心しろ、変なことはしないから」

冗談めかして言う言葉に、俺は上手く笑えなかった。

彼が何かすると思っていたわけじゃない。自分が、何かされたいと期待してる部分があったからだ。

「ベッドは譲ってやる。俺は今晩仕事して起きてる。何かあったら声を出せ、ここの扉は閉めとくから」

「でも笹子さんだって疲れてるんじゃゃ…」

「俺は明日の昼間に寝るさ」

部屋から着替えを持ってきて、彼のベッドへ潜り込む。

壁一枚向こうが自分の部屋というのは奇妙な感じだった。

「布団までタバコの匂いがする」

笹子さんの言う通り、俺は男同士の恋愛に対する考えが甘いのかもしれない。

恋人が男だからとショックを受けたり驚いたりする家族はいないし、男同士でも相手が好きならいいじゃないかと思うところもある。

でも、彼が言うように、肉体関係となると…。

壁ごしに声を聞いて、想像はできた。

そういう夢も見た。

でも実際やってるのを見たわけではないし、夢は所詮《しょせん》夢で、痛みも何もない。彼のモノすら見てはいない。

マンガや小説で見るような、非現実的な感覚だ。

もしも、本当に彼と恋人になったら。

恋人という響きは嬉しい。それは今でも即答できる。

でも身体を求められたら、夢の中のように素直になれるだろうか？

あんなふうに感じることはないかもしれない。触られれば男も女も関係ないだろうけど、挿入となると…。恐らく何人もの人を相手にしてきた笹子さんにとって、自分は満足できない相手かもしれない。

覚悟をして受け入れて、やっぱりお前じゃダメだと言われるのは怖い。

笹子さんも、同じなんだろうか。

俺が好きって言って、彼が本気で応えてくれて、その後で俺がやっぱり間違いでした、恋愛感情じゃありませんでしたと言い出すのを恐れているのだろうか。

だとしたら、俺と笹子さんは一緒だ。

自分より大人の男の人が、自分と同じ気持ちなんだ。

「…何だお前か」

悩んでなかなか眠れず、やっととうとうとし始めた頃、隣の部屋から彼の声が聞こえた。

「まあ相変わらずだ」

誰かと話をしてる。

でもドアが開いた音は聞こえなかったから、電話？

「もう戻らねぇよ。逃げ傷なんてみっともねぇからな」

『にげきず』って何だろう？

「知らねぇヤツはそう思うさ。プライドの問題だな。ああ、わかってる。困り事には手を貸してやるよ」

また彼は誰かを助けるのかな。俺に手を差し伸べてくれたみたいに。

「そいつはいただけねぇな。…ああ？　知るかよ。そんなもの見ねぇよ」

ぶっきらぼうな喋り方。

相手は俺より彼に近い人だろうか。

あの『声』の人だろうか。

「わかった。気をつけとく。今度時間を見て、また顔出すって言っといてくれ。ああ、みんなによろしく」

それっきり、隣の部屋も静かになった。

キーボードを叩く音も聞こえない。

彼も向こうで横になったのかも。

一緒に寝ましょうって言えなかったのが、まだ今の自分の正直な気持ちなんだろうな。

眠りに落ちてゆく意識の中で、俺は自分の頭の中から兄貴のことが消えているのを感じた。

あいつのことなんかより、笹子さんにキスしたり、告白したことの方が重大で、これから彼とどうしようかと考えることの方が優先だから…。


翌日、いったん自分の部屋へ戻ってから仕事に行き、時間いっぱいまで働いた。

顔の傷は腫れて痛くて、流石《さすが》に階段から落ちましたという言い訳じゃすまないので、笹子さんの忠告を受けて『兄弟ゲンカをしました』と言った。

金を盗《と》られたとは言うな、兄貴がヤクザまがいの男だとは言うな。そういう連中とかかわりあいになりたくないからと、お前が排斥させるかもしれないから。

笹子さんのその言葉を聞き入れ、俺は笑いながら「久々の大ゲンカでした」と説明した。

店長は呆れた顔をして、ガキじゃねぇんだからもうちょっと考えろと怒ったけれど、それ以上のことは詳しく訊いてこなかった。

バイトの連中は好奇心旺盛《おうせい》で。

「お兄さんいたんですか?」

「強いんですか?」

「原因何だったんです？」

と訊いてきたけれど、俺は曖昧《あいまい》に返事をしてごまかした。

今井さんだけが、この間の怪我もひょっとして兄弟ゲンカだったのかと気づいてしまったが、深くは突っ込んでこなかった。

仕事が終わって帰るのは、自分の部屋ではない。

笹子さんの部屋だ。

昼間、鍵屋が来て鍵をつけ替えているだろうから、それを取りに彼の部屋へ行かねばならないのだ。

「こんにちは…」

何となく気まずくて、一声かけてからおずおずと扉を開ける。

「おう、おかえり」

おかえり…。

「あの、ただいま…」

『ただいま』なんて、何年ぶりに言っただろう。何だか気恥ずかしい。

「メシ作ってやるから入ってこい」

「笹子さんが作るんですか？」

「口切ってるから、硬いもんは食えないだろう。うどんでも作ってやる。冷凍のだけどな」

「すみません」

「今まで作ってもらってたんだ。たまには、な。これから毎日してやるわけじゃないぞ」

「わかってます。明日は作ります」

作ってくれたうどんは、コンビニなんかで売ってる鍋焼きうどんだった。

雑誌を鍋敷きの代わりにして、二人で熱々のうどんを食べる。

「お前の部屋、暖房器具がなかったけど寒くないのか？」

「そろそろ出そうと思ってたんですけど、ストーブにするかコタツにするかで悩んでて」

ふぅふぅ言いながら向かい合って食べるうどんは、傷にしみたけど美味かった。

「両方使えばいいだろ」

「電気代考えちゃうと、どっちか一つじゃないと」

「しっかりしてるな」

「貧乏なんですよ。お金、なくなっちゃったし、また切り詰めないと」

「…ああ。そうか。それじゃ部屋の片付けがちゃんと終わったら、バイト代出してやるよ」

「いいですよ。昨日あんなに色々買ってもらいましたら、あれが代金ってことで」

「あれはプレゼントだ。報酬はまた別だ」

「甘やかさないでください」

「甘やかすってのとは違うな。お前流に言うなら、それはそれ、これはこれだ。その代わり、注文もつける」

「何です？」

「作者別にとか、メーカー別とか、細かく整理してまとめてくれ。資料だから、後で見つけられないと困る」

「ああ、それはちゃんとやります」

今までと変わらない会話。

変わらない関係。

「明日の夕飯、何が食べたいですか？」

「また鍋がいいな。キムチ鍋」

「いいですよ」

「何買っておけばいい？」

「後でメモします」

でもほんの少しだけ変化はある。

タバコを吸う彼の唇を見つめる時、あの唇が昨日キスしたんだと思ってしまう。

お茶を淹れようとして急須《きゅうす》に伸ばした手が、偶然触れ合うと、その感触に思わず手を引いてしまう。

そんな時、彼は何も気づかないフリをしていてくれるけれど、俺は意識したことを意識してしまう。

「今日は、片付けがあるからそろそろ帰ります」

「そうか。ほら、預かってた新しい鍵」

彼が業者から預かった新しい鍵を渡してくれた時もそうだ。

「俺に合鍵くれないのか？」

「え…。欲しいんですか？」

「何かあった時のために、その方がいいだろう」

「あ、はい。そうですね」

彼は安全のために言ったのだろうけれど、俺は違う意味に取ってしまう。

「俺の部屋の合鍵も欲しいか？」

二つあった鍵の一つを手渡すと、彼が訊いた。

欲しい。

でもそれは何だか別の意味が潜んでるようで返事ができない。

「欲しくなったら何時でも言え」

その戸惑いも、彼は気づいていないながら軽く流してくれる。

立ち上がり、玄関へ向かう俺の後を、空っぽになったアルミのうどんの器を持って追いかける
ように台所へ来る彼のことも意識する。

「リョージ」

「はい」

でもそれは自意識過剰だからではない。

そこにちゃんと、『二人のこれからの関係をどうするか』という問題が残っている。

「キスするか?」

なんて、今までは訊かれなかった。

「し…、したいならしてもいいです」

「してもいいです、か。じゃ、止めとくか」

「したくないってことですか?」

「お前がしたくないんだろ?」

「それは…、別に…しても…」

何か悔しい。

彼だけが余裕で。

「…したいです」

答えると、彼の顔が近づく。

昨日の激しいキスを覚えてるから身体を強《こわ》ばらせると、彼は軽く唇を触れさせるだけで離れていった。

「無理すんなよ」

そして頭を撫でられる。

子供扱いされてる不満はあるが、それに異を唱えて昨日のキスをされるのも困るので、不満は見せたがそのまま引き下がった。

「おやすみ」

「…おやすみなさい」

「買い物のリストは？」

「後でメールします」

彼の部屋を出て、新しい鍵を使って自分の部屋へ戻る。

片付けられた部屋へ入ると、俺はほうっとタメ息をついた。

あんな簡単なキスでも、全身が緊張してしまう。俺がもう、彼をそういう対象として意識しているからだ。

わかってる。

俺は笹子さんをそういう意味で好きなんだ。

あの夢を見た時、もう薄々と気づいていた。

でも自信がないのだ。

俺は寂しい人間だった。

何にも持ってなくて、側には誰もいなくて。兄貴に酷い目に遭わされて…。辛くて悲しい日々を送っていた。

そこに現れたのが笹子さんだ。

もしかしたら、俺は彼の優しさにすがってるだけかもしれない。側にいてくれる人を放したくないと思っているだけかもしれない。

笹子さんじゃなくても、誰でもいいと思ってるのかも…。

だとしたら、あんなに真剣に答えてくれた彼に失礼だ。

そして、彼が恐れていたように、間際になって『やっぱり止めたい』って思ってしまうかもしれない。

もうちょっと。

もうちょっとだけ、この気持ちを煮詰めてみたい。

笹子さんは待つって言ってくれたし、そう長く考えるわけじゃない。

彼のことはすごく好きだ。

キスだって嫌じゃなかった。

だから後は、自信だけだ。

他の人とは違うと、彼が優しい人じゃなくても好きと言えるようになれれば、受け入れることができるだろう。

「こんなこと考えてること自体が、本気度高いとは思うんだけど…」

あとは、男と寝ることに対する恐怖というか、ためらいだ。

自分に、あの『声』のような甘い声が出せるだろうか？　気持ちいいって思えるだろうか？

気持ちいいって思わせられるだろうか？

「調べて…、みようかな…」

答えは出てる気がした。

でも、最後の一歩が、まだ踏み出せなかった。

人と親密になることに、恋愛することに、慣れていないから。

笹子さんに失望されるのが怖かったから。


翌日、俺はいつもよりずっと早く家を出て、近くのネットカフェに向かった。

調べものをする、と言っても家にパソコンはないし、近所の図書館にその手の資料があるわけもないので、結果としてそこが一番最適だろうと判断したからだ。

置かれてるマンガ本を見たり、ネットで検索したりしたが、はっきり言って収穫はなかった。

そこに書かれていることぐらい、もうとっくに知ってたし、ネットで流れるモノホンの画像は、何だかもうお腹いっぱいって感じにさせられるだけだったから。

貴重なお金を使った分、サービスのドリンクを飲んで、少しゲームで遊んだだけだ。

こんなもの見たからって、自分の覚悟が決まるわけはないんだよな。

ただ、ケツの穴の中には前立腺というのがあって、そこに触られると感じるってことだけにはちょっと安心した。

素質がなくても、そこに触ってもらえれば、俺にも応えることができるかもしれない。

笹子さんはそっちの人だから、きっとその事実も知ってるだろう。

…自分で探ってみる気にはならなかったけど。

知らない方がよかったというエゲツない事実もあったが、それは敢えて無視することにした。

これ以上臆病になりたくなかったので。

時間ギリギリまでそこで過ごしてから店に出る。

顔がまだ腫れていたので、今日も厨房で働いた。

夜にはまた笹子さんの部屋へ行き、約束通りキムチ鍋を作った。

その翌日も同じ生活。

真面目に働いて、笹子さんと食事して、ちょっとからかわれて。

季節が進み、俺は悩んだ結果としてコタツを出した。

去年買った安いダウンジャケットを引っ張り出し、学生時代から着ていたコートも出した。衣替えだ。

朝夕は冷えるようになり、店から帰る道では息が白くなる。

それでも、まだ俺は答えが出せなかった。

このままでもいいんじゃないか。

今のままでも幸せじゃないか、という弱気の虫のせいだ。

もちろん、そんなのはよくないのはわかってる。いつまでもグズグズしてると、あの『声』の主がまたやってくるかもしれない。

多分、あの『声』は笹子さんの恋人ではないと思う。もしそうだったら、彼が俺に真剣に答えるわけがない。

大人だから、デリヘルみたいな商売の人間か、セフレみたいな相手だろう。

だからって、壁一枚向こうで、彼が他の人間を抱くのを聞くのはもう嫌だ。

でも、緊張した時期が過ぎてしまうと、今更『好きです』って言うタイミングも難しい。

兄貴の襲撃の怒りも収まり、顔の腫れも引いた頃、初めて彼の部屋で見知らぬ人と出会った。

仕事が早く終わった日、いつもより早く彼の部屋を訪れると、スーツ姿の男がそこにいたのだ。

「今晩は…」

これがあの声の人だろうか？

「誰だ？」

振り向いた男は着崩した黒いスーツに短くした髪、目付きの鋭い、笹子さんと同じくらいの歳の男だった。

これは違うな。

どことなく雰囲気が、スーツ姿だった時の笹子さんに似ている。この人の方が、もっと筋肉質な感じがするけど。

「隣の部屋の住人だ」

「何だ、俺はてっきり…」

でも、そう言いかけたところを見ると、多分笹子さんの性癖を知ってるのだろう。

「まだ、だ」

笹子さんもそう答えて笑ったし。

「初めまして、河北と申します。あの…、こちらの方も食事されますか？」

『まだ』の意味がわかってるから、俺はごまかすように訊いた。

「食事？」

「そいつにメシ作らせてんだよ。美味いぜ。御山《みやま》も食ってくか？」

この人、御山さんっていうのか。

「どうりでお前の色艶《いろつや》がいいと思ったぜ。いや、俺は帰るよ。色々やらなきゃならないことが山積みでな」

もしかしたら、この人はあの電話の相手なのかもしれない。確証はないけれど、何故かそんな気がした。

「ご苦労様」

「気楽なお前が羨《うらや》ましいよ」

「ぬかせ。好きでやってるクセに」

御山さんは答えず、立ち上がると俺を見下ろした。この人も背が高い。

「躾《しつけ》のいい子だな。言葉も丁寧だし。もしあの男が強引なことをしたら、オジサンに連絡しな、すぐにシメてやるから」

「笹子さんはいい人です」

「いい人、か。こりゃ余計な世話だったかな」

御山さんは、すれ違い様に俺の肩をポンポンと叩くと、玄関先で靴を履きながらもう一度笹子さんに声をかけた。

「明後日また来る。何かわかったらその前でも連絡くれ」

「わかった」

「じゃあな」

挨拶を残して、御山さんが出て行く。

俺は笹子さんに近づき、疑問をそのまま口にした。

「お友達？」

「昔の同僚だ」

「笹子さんの部屋で他の人に会ったの初めて」

「そうか？　たまには訪ねてくる者もいるけどな」

「誰？」

訊くと、彼はタバコを咥えてにやっと笑った。

「妬《や》いてるのか？」

あの一件があってから、笹子さんの言動はちょっと変わった。こうやって俺のことを試したりする。

「素朴な疑問だよ」

妬いてるのかもしれないが、それを口にすると、例の答えを求められそうだからごまかしてしまう。

「編集とか、ダチとか、今みたいな昔の知り合いとか、色々だな」

「今の人、…御山さん？　何しに来たの？」

「ちょっと頼まれ事だ」

「ふうん」

「それじゃ、お前にも訊こうかな。友達がいないと言ってたが、店の連中はどうなんだ？　確か

『となみ』には若い店員もいただろう」

「妬いてるの？」

「ああ」

肯定されて、ちょっと顔が赤くなったが、訊いてる彼の顔が笑っていたから、からかわれたのだとわかった。

「バイトはすぐに入れ替わるからそんなに親しくないよ。正規社員は俺と今井さんって人だけだし、店長はオッサンだし」

「今井っていうのは若いんだろ？」

「俺より年上だけどね。ホントに妬いてるなら言っとくけど、同棲《どうせい》してる彼女がいるから」

「そいつは安心だ」

からかわれてるのか、アプローチを受けてるのか。

どっちにしても、俺の心は彼の態度でグラグラ揺れる。

「そういえば、リョージ」

「何？」

「お前、今日一度夕方戻ってきたか？」

「ううん。何で？」

「いや、外で物音が聞こえた気がしたからな」

物音、という言葉に悪い考えが浮かび、身体を硬くする。

俺の想像を察して、笹子さんは立ち上がって俺の方へ歩いてきた。

「一応一緒に見てみるか」

またあの男が鍵を壊して部屋に入ったのではないか。お互いそう思ったのだ。

彼と共に部屋を出る。顔を近づけて鍵穴を見たが、そこに傷はなかった。

鍵を取り出してドアを開け、手探りで明かりのスイッチを入れる。

「変わったところはあるか？」

部屋は、出て行った時のまま、整然としていた。

「ううん。何にも」

「そうか。いらない心配させたな。新しい鍵はドライバー突っ込んだぐらいじゃ壊れねえから、安心して寝ろ」

「うん」

彼の唇が耳に触れる。

「何？」

驚いて耳を隠して振り向くと、笹子さんは笑っていた。

「俺のことだけ考えてろよ」

「…驚かさないでよ」

でもその不意打ちのキスで、彼の狙い通り、俺の頭の中から兄貴のことはすっ飛んだ。

「着替えたら、メシ作りに来いよ」

彼が自分の部屋へ戻ってゆくから、自分も中に入りドアを閉めて鍵をかける。

「まったく。面白がって…」

もしかしたら、最近彼が俺にちょっかい出してくるのは、今みたいに俺が兄貴のことを考えないようにという気遣いなんだろうか？

「いや、あれは絶対面白がってるんだ」

もう家の中に金はない。

あの時、兄貴はあの足で金を下ろしに行ったのか、銀行で再発行してもらった通帳は、既に残高が三ケタだった。

兄貴だって、わかってるだろう。俺があれ以上の金を持っているはずがないと。

奪うものがなければあいつが来る理由もない。

少なくとも暫くはあいつの襲撃を恐れる必要はないのだ。

中に入って部屋着に着替えると、俺は再び彼の部屋へ向かった。

嫌なことなど考えず、彼のことだけ考えよう。

自分がどれだけ笹子さんを好きなのか。

何時次の一歩を踏み出すか。

その確信と、伝えるタイミングを計ることを。

「着替えてきたよ。笹子さん、今夜は何食べたい？」

楽しいことだけを。


その夜は新しい本を借りてきて、コタツに入ってそれを読んでいてそのまま眠ってしまった。

目が覚めると、少し寒くて、そろそろ本格的に冬だなぁと思った朝。

ぬくぬくとしたコタツから抜け出して、顔を洗って歯を磨いて着替えをする。

シャツはもう既に長袖だが、今日はその上にもう一枚半袖のシャツを重ね着した。

アンダーシャツを重ねた方が温かいのだろうが、そうすると何となくもこもこして好きじゃなかったので。

どうせ店へ出れば、店内は暖房が効いている。寒いのは自分の部屋と店へ向かう道だけだ。だったら着脱可能な服装のがいい。

寒くなってきたので、最近は鍋を求めての客が増えてきた。

新しく店長が考案した自家製豆腐が好評で、トマト鍋の評判もよかった。

今日は平日だから早く上がれそうだし、今夜は笹子さんにトマト鍋を作ってあげようかな。シメのリゾットが美味いのだ。

そんなことを考えながら朝食はインスタントのお吸い物で作った和風パスタにした。

パスタはそんなに好きじゃないが、簡単にできるので。

食事が終わってから、また昨日の続きを読もうとコタツに足を入れて本を開く。

暫く静かな時間が続くと、突然誰かがドアをノックした。

「河北さん、お届けものです」

「はい？」

届けもの？

俺に？

もう友人も親戚も、付き合いが遠のいているのに。

何かの間違いかなと思いつつも、コタツから抜け出て玄関のドアを開ける。

「はい、何でしょう？」

だがそこに立っていたのは、どう見ても宅配便の配達員には見えない男達だった。

「あの…、届けものって…」

「へえ、確かにまああだな」

嫌な予感がして、ドアを閉めようとしたが、男は靴先を差し込んでそれを阻んだ。

「何するんです」

俺は反射的にドアノブを強く引いたが、靴を差し込んだ男はドアに手をかけ、無理やり開けようとした。

「まああ、あんた、河北亮司さんだろ？」

「だったら何です」

「あんたに大切な用事があるのさ」

別の男も手を貸して強引にドアが開かれる。

もう堪えられないと思った俺は、パッと手を放し、奥へ逃げ込んだ。

バカだ。

奥へ逃げたって、逃げ道なんかないのに。

案の定、男達は土足で俺の部屋に入り込み、俺を捕らえた。

「止めろ！」

「大声出すな」

声。

そうだ、声。

「ささ…！」

笹子さんを呼ぼうと大きく開けた口を、男が塞ぐ。

「連れてけ」

スーツ姿の男が命令を下すと、男が三人がかりで俺を押さえ込んだ。

何とかしなくちゃ。連れてけってことは誘拐されるってことだ。

覚えなんかこれっぽっちもないけれど、こいつらは俺を『河北亮司』と知っていてさらおうとしているのだ。

しかもこのやり口から見て、まともな人間じゃない。連れ出されたら、どうなるか、わかったものじゃない。

俺は自由になる足で、テーブルの上にあったマグカップを蹴った。

「危ねぇな、どこ狙ってやがる」

マグカップは男からは遠く離れた壁に当たって、中身を撒き散らしながら砕けた。

狙っていたのは壁だ。この時間ではまだ笹子さんは寝ているかもしれないが、今の音で起きるかもしれない。起きて欲しい。

口を押さえられ、両腕を取られ、ずるずると引きずられるように連れ出される。

靴も履かせてもらえなかった。何一つ持つこともできない。

階段を下ろされる時に暴れ、何とか口を覆っていた手を外すと、俺は最後の望みをかけて叫んだ。

「笹子さん…！」

だがそのせいで、腕を取っていた男に腹を殴られた。

「黙ってろ！」

アパートの前の道。

以前、笹子さんを迎えに来た車が停まっていた場所に、白いバン。

後部座席のドアが開いて、中に押し込まれる。

「リョージ！」

その瞬間、笹子さんの声を聞いた。

気づいてくれた。起きてくれた。

でももう遅かった。

命令を出していた男が助手席に乗り込み命令する。

「出せ」

階段を駆け下りてくる音は聞いた気がする。けれど、俺は彼の姿を見ることはできなかった。

バンのエンジンがかかり、車はスタートしてしまったから。

「目隠しでもしとけ。ついでに口に何か突っ込んどけ。殴るなよ、傷は付けるな」

「へい」

口にタオルが押し込まれ、目が布で覆われる。

「聞こえてんな？　痛い目に遭いたくなきゃおとなしくしてろ」

「う…」

ほんの数分の間に、俺は見知らぬ男達に拉致《らち》られた。

何故？

どうして俺がこんな目に遭わなきゃならないんだ？

だがその答えは、誰からも得られなかった。


そう長くはない距離を運ばれ、車から降ろされた。

視界は塞がれたまま。聴覚と嗅覚《きゅうかく》だけで、どこなのか探ろうとしたが、わかったのは建物の中に連れ込まれたということだけ。

車は駐車場か路肩に停められた。それは裸足の足の裏にアスファルトを感じたからわかった。

それから建物の中へ。これは連中の足音の響きでわかる。

階段を上り、ドアが開き、中へ連れ込まれる。

「野上、早かったな」

男の声。

「隣の住人に見られました」

さっき命令してた男の声が言う。言葉遣いからして、迎えた男は命令していた男より立場が上なのだろう。

「怪我は？」

「させてません」

「顔が見たい。目隠しを取んな」

「はい」

ここでやっと、俺は目隠しを取ってもらい、口からタオルを取り出してもらえた。

ずっと口を開けていたせいで顎がだるかったが、そんなことを気にする余裕はなかった。

視界に映る広い部屋。どこかの事務所のように、応接セットが置かれ、デスクが並んでいる。

その応接セットのソファの上に、見知った顔があった。その顔を見た瞬間、俺は事態の八割方を理解した。

「お前…！」

飛びかかろうと身を乗り出したが、両脇にいた男達に腕を摑んで引き戻される。

「ふぅん、震いつきたくなるような美少年とは言わねぇが、まあまあ可愛い顔じゃねぇか」

あいつの隣にいた年配の男が俺を見て言った。

「でしょう？　だったらこれで勘弁してくださいよ」

「お前も悪いヤツだな、河北。実の弟を借金のカタに差し出すなんて」

「俺にゃ、他に何にもないんでね」

年配の男の隣で、兄貴の考一が下卑た顔で笑った。

そういうことか。

兄貴は、考一は、俺を売ったのだ。

「俺はそいつと関係ない」

「何だ、河北。見放されてるじゃねぇか」

「気にしなくていいですよ、品川《しながわ》さん。そいつ、昔っからナマイキなんです」

俺には威圧的に振る舞っていた兄貴が、媚《こ》びへつらう声で答える。

「だが二百万分丸々ってわけにゃいかねぇなぁ」

「俺達には身内がもういない。俺が黙っときゃ、誰もこいつを捜したりしない。壊れるまで何度でも使えますよ」

「壊れるまでねぇ」

年配の男は繰り返して笑った。

白髪交じりの髪をオールバックにした、嫌な目付きの男。ダブルのスーツに派手なネクタイを締めてるところは、まるでヤクザの組長のようだ。

…『ようだ』ではないかもしれない。

考一は自分のバックに本物のヤクザがついていると言っていた。あの傍若無人な男がここまでへつらい、さっきの誘拐の実行犯が皆おとなしくしているところを見ると、きっとこの品川と呼ばれた男は本当にヤクザの組長なのだ。

寒気がした。

考一は、本当に俺がどうなってもいいと思っているのだ。

「まあいいだろう。考慮してやろう」

「ありがとうございます。それじゃ、俺はこれで…」

「待て、河北」

腰を浮かせた考一を、品川が止める。

「お前には最後まで付き合ってもらうぞ。可愛い弟が逃げ出したりしないように、お前が責任持って監視してくれねぇとな」

「でも…」

今更、弟の可哀想な姿は見たくありませんとか言わねぇだろ？　弟が使いものにならなかったら、お前に何とかしてもらわなきゃならねえぞ」

「じ…、冗談でしょう。俺なんかウケませんよ」

「使い道はいくらでもある。このガキにはこのガキの、お前にはお前の、な」

考一の顔が恐怖に蒼白《そうはく》になるのがわかった。

品川は、それだけ恐ろしい男なのだ。

「用意はできてんのか？」

品川の言葉に、野上が前へ出る。

「カメラの用意はしてますが、相手がまだ来てません。至急来るように言っといたんですが、渋滞にでもハマッてるのかも」

「仕方ねぇな、時間にルーズで。取り敢えず、向こうへ連れてって準備させとけ」

「へい。おい、連れてくぞ」

両側で俺の腕を取っていた男達が、また俺を引きずる。

何が行われるのかわからないが、行ってはダメだと本能が告げた。

「放せ！」

ここにいてはいけない。

何が何でも逃げなければ。

もしかしたら殺されてしまうかもしれない。

「俺はそいつと関係ないんだ！」

「静かにしろ！」

喚き立てる俺の頬を殴ったのは、考一だった。

「河北、顔に傷をつけるな」

「すいません…」

殴った俺にではなく、品川に詫びを入れる。

「おとなしくしてろ、亮司」

これが、自分の兄か。

「でないと、俺がヤバイんだ」

血の繋がった、たった一人の家族か。

「おとなしくしてりゃ、殺されやしないから」

考一にどんな理由があって道を踏み外したのかなんて、もう関係ない。

この男は赤の他人以上に、俺にとって害のある人間なのだ。

自分にどんな罰が下っても、あの時に…。

「何だその目は」

…いいや。もうそれはできない。

「ガキの頃からお前が気に食わなかったんだよ。自分だけはいい子です、みたいな顔しやがって。俺のことバカにして、ゴミみたいな目で見やがって」

罰を受ければ、もう笹子さんに会えなくなる。

この男への恨みを晴らすより、彼から引き剝《は》がされる方が辛いと感じる今は、罪を犯すことができない。

「だがお前もこれからは俺と一緒だ。お前もゴミになるんだよ」

目の前にある醜い顔に唾《つば》を吐く。

「てめぇ！」

怒りに振り上げた考一の手を、野上が止める。

「殴るなと言っただろう。そいつに商品価値がなくなれば、お前が金を支払うんだぞ」

「…すいません」

「俺らにはお前ら兄弟の確執なんて、関係ねぇ。使えるか、使えねぇか、それだけだからな。よく覚えとけ」

それだけ言って野上が背を向けると、考一は俺を見て嫌な笑いを浮かべた。

「楽しみにしてな。お前が堕《お》ちてくのをお兄ちゃんがじっと見ててやるからな」

気分が悪くなるほど、本当に嫌な笑いだった。


引き立てられた奥の部屋へ入ると、俺は自分がこれから何をされるか理解した。

ホテルの一室のような、アイボリーの壁に囲まれた空間に、大きなベッドが一つ。

飾りのない、布団もないベッドの頭の部分には鉄パイプが渡してあり、そこには革の手枷《てかせ》が下がっていた。

ベッドの傍らには、ダンボールの箱に入った大人の玩具《おもちゃ》。

そしてそのベッドにレンズを向けて固定されたカメラ。

「や…」

他人を傷つけることを厭《いと》わず、俺は両腕を振り上げ、側にいた男を突き飛ばした。

「あ、こいつ！」

嫌だ。

「捕まえろ」

嫌だ。

「逃げられるわけねぇだろ」

嫌だ。

絶対に嫌だ！

「おい、足を押さえろ」

「髪を摑め」

「暴れるな！　傷をつけるのはビデオの中でだ」

「ズボンを脱がせ」

「手はしっかり留めておけよ」

暴れて、暴れて。手も足もメチャクチャに振り回して暴れ続けたけれど、最後には捕まってしまった。

四人がかりで押さえつけられ、両手をバンザイした格好で手枷を嵌められる。その中には、喜々として加わる考一の姿もあった。

「放せ！」

体格のいい男が、俺の足首を押さえる。

「放せよ！」

蹴り飛ばそうと力を入れるが、ビクとも動かない。両手を上げてるせいか、力が入らないし、男の力が強いせいもある。

「叫ばしといていいんですか？」

「その方が買ってくれる客が喜ぶさ。本物らしくてな。それより笠井のヤツはまだ来ねぇのか。誰か連絡入れろ」

「へい」

部屋にいる一人が野上の命を受けて飛び出してゆく。

「もうわかってんだろ？」

着々と準備が進められる中、考一が俺の傍らに座って顔を覗き込んだ。

「お前、これからＡＶ撮られんだよ。本物のゲイビデオ。しかも役者がやりたがらないようなＳＭモノだ」

この男が憎い。

「お前が自分でやればいいんだ。お前のしたことの後始末だろう！」

「残念だな。お前の方がウケがいいんだよ」

この男が、俺に不幸を運んでくる。

「お前は昔っから可愛い顔をしてたからな。それでせいぜい俺のために稼いでくれ。そうしたら、少しは亮司という弟がいてよかったって思ってやる」

「俺はお前の弟になんかなりたくなかった」

「だろうな。俺だって、お前の兄貴でなんかいたくなかった。俺がどんなに頑張っても、可愛いってだけでお前が優遇される。悪いことをしても『お兄ちゃんでしょ』って言葉だけで俺が叱《しか》られる。その度、俺はムカついたよ。頑張って『いい子』でいることがバカらしくなるくらいな」

苛立《いらだ》ちながら、考一が言い捨てる子供っぽい理由。

そんなくだらない理由で、敵意を向けられたのか。自分が認められないからってだけで道を外したのか。

「だがこの事実は変えられない。だからお前を一生利用してやることにしたのさ」

「…俺が嫌いなら、捨てておけばいいだろう」

「それじゃ俺が楽しくねぇのさ。お前が苦しむ様が見られないとな」

それだけ言うと、考一は立ち上がり、部屋の隅に腕を組んで立った。

顔に貼りつく、にやにやとした笑い。

悔しい…。

くだらない理由であの男に苦しめられることが。

俺は考一から目を逸らし、部屋を眺め回した。

足の方向に、さっきの事務所へ続くドア。頭の方向、右手側の奥の隅に考一。

壁に窓はなく、逃げるとしたらあのドアからだけだ。

部屋にいるのは、考一と、ドア近くに立って指示を出している野上。俺が暴れなくなったから手を放した柔道部みたいに体格のいい男と、彼ほどではないが、考一なんかと比べるとがっしりとした男が三人。合計すると、俺以外にこの部屋には六人だ。

拘束を解いて、六人を出し抜いて逃げきれるだろうか？

しかも扉の向こうの事務所には、さっきの品川と、きっと他にも誰かいるだろう。

…無理かもしれない。

でも逃げなくちゃ。

「野上さん。笠井のヤツ、こっちへ向かってるそうです。やっぱ環状線で渋滞に捕まってるらしいっすよ」

今までの話の流れからすると、笠井というのが俺を襲う相手なのだろう。

その男が来るまでは、何とか無事でいられる。時間を引き延ばせば、俺がさらわれたことに気づいてくれた笹子さんが、警察に連絡してくれて、助けに来てくれる。

他人の不幸を祈りたくはないが、いっそ笠井という男が事故ってくれれば…。

相手役の不在に、一縷《いちる》の望みを繋いでいた。

転がされてるだけなら、我慢できる。

暴力だったら、我慢できる。

けれど、その望みは、野上の一言で粉々に砕けた。

「仕方ねぇな。準備だけ始めるか。おい、後藤《ごとう》、ガキのズボン脱がせ」

柔道部の男が俺に近づき、ズボンに手をかける。

「止めろ…！」

時間稼ぎの意味を含めて必死に抵抗するのだが、後藤は慣れた手つきで俺のズボンと下着を脱がせた。

「あんまり使ってなさそうだな」

まだズボンを脱がされただけだ。

「カメラ回しとけ」

下半身を映されるだけなら、恥ずかしいで終わる。

「後藤、硬いか？」

訊かれて、後藤の指が俺の股の間に差し込まれる。

「…ひっ！」

太い指は、容赦なく穴を突き刺し、痛みだけを与えてすぐに引き抜かれた。

「ガチガチですね」

「ハツモノなら仕方ねぇか。まんまじゃ笠井も挿入《い》れづれぇだろ。少し緩めとくか」

「はい。おい、マサ、トモ、こっち来てボウズの足を摑め」

残っていた三人のうちの二人が、それぞれ俺の足を取って大きく開かせる。

もう一人がカメラの向こうに立ち、無機質なレンズの隣に赤いランプが灯る。

「やめろ！」

「シャブでも塗りますか？　すぐ勃ちますぜ」

「ダメだ。突っ込んだ時に笠井までラリッちまう」

「じゃ、ローションで」

後藤が、ベッドの傍らの箱からラベルのないボトルを取り出した。その中身を水鉄砲のようなものに移し、大きく開かされた俺の股の間に近づける。

「いやだ！」

嘘だと言ってくれ。

こんなこと起こるはずがないと。

「…ひ…っ」

身体の中に注入される冷たい液体。

「や…、助けて…」

「助けなんて来ねぇよ。たった一人の家族があそこで見てんだからな」

俺は、何にも悪いことはしてない。大層な望みだって抱いていない。ただ静かに、笹子さんと暮らしていたかっただけだ。

「嫌がるのがいいにしても、弛緩剤《しかんざい》ぐらい塗っとくか」

「あんまり塗るなよ。痛がらなきゃ意味がねぇ」

「じゃ効果の薄いのを」

後藤がチューブを取り出して、俺の尻の周りに塗る。

指が強引に中にまで入り込んで、かき回す。

痛くて、気持ち悪くて、吐きそうだ。

「ついでにこれも入れとくか」

「や…っ！　あ…っ！」

硬いものが、身体の奥まで突き刺さる。

「足、放していいぞ。暴れるんなら、暴れた方がいい画《え》が撮れる」

微かなモーター音と共に、突き刺さったものが振動する。

「アナルバイブならそう痛くはねぇだろ？」

嘲笑《ちょうしょう》する声。

「い…、う…っ」

身体の中で、自分ではないものが動く。

…虫だ。

昆虫採集の、ピンで留められた標本の虫だ。

鑑賞するために縫いつけられ、防腐剤を注射されて、殺されても『これはいい』と見られ続ける。

俺は、死んでゆく虫と同じだ。

生命は奪われなくても、俺は死んでしまう。

「う…ぅ…」

泣きたくない。

声も上げたくない。

そんなことしたらこいつらを喜ばすだけだから。唇を噛み締めて、意識を足の間の異物に集中して気を紛らわして耐えてやる。

笹子さん…。

ああ、こんなことなら、グズグズ悩んでないで笹子さんに抱かれればよかった。

今すぐ世界が全て消えてしまえばいい、みんな死んでしまえばいい。でもそれを本気で願えない。この汚い世界に、彼がいるから。

あの人のところに帰りたい。

男同士のセックスが気持ちいいかどうかなんてわからない。でも彼に抱かれたい。

そしたら俺は泣く。『気持ちいい』って、『嬉しい』って、『もっと』って。彼が俺を望んでくれるなら、全部あげる。

世界中の全てより、降りかかる全ての苦しみより、あの人のことが大切なら、それが恋愛かどうかの証拠がなくても、いいじゃないか。

『世界で唯一側にいて欲しい』が『愛してる』に劣るわけがない。

笹子さん。

咥えタバコの痩せた横顔。

「叫ばなくなったな」

骨張った大きな手。

「悦《よ》くなって来《き》たんじゃねぇのか？」

助けにきてもらうなんてことは非現実的なことだ。彼はここがどこだか知らない。俺をさらった連中が誰だかも知らない。でも、この暴行が終わったら、彼のところに帰れるかもしれないと考えるぐらいなら、夢ではないかもしれない。

「すみません、遅れちまって」

「遅《おせ》せぇぞ、笠井」

「やあ、今日の子は可愛いっすね。泣かせがいがありそう。切ってもいいんっすよね?」

「チッ、変態が。好きにしろ」

どんなに傷ついても、きっとあの人なら手当てしてくれる。

そしたら、俺は言うんだ。

他人の手垢がついた身体だけど、抱いても気持ちよくさせてあげられないかもしれないけれど、これが恋愛だってまだはっきり言えないかもしれないけれど、俺は笹子さんが好きだから、抱いて欲しいって。

抱き締めて、またくらくらするようなキスして、俺が必要だって思って欲しいって。

「ギグなしですか。いい声聞けそうだなあ。あ、アナルバイブ入ってる。ディルドにしちゃえばよかったのに」

軽そうな声。

視界に入る大きな身体の男の姿。

「そういうのはお前がするこったろ。俺達はゲイじゃねえ。これは単なる仕事だ」

「いいとこ残してもらってありがとうございます。カメラ回ってる? それじゃサクッと姦《や》っちゃいますか」

男が着ていたパーカーを脱ぎ、シャツを脱ぐ。

ボウズ頭の筋肉質な身体が近づく。

「男、初めてだろ？」

シャツの裾《すそ》から、ゴツゴツした手が差し込まれ、乳首に触れる。

…笹子さん！

絶対帰るから。

何をされても、絶対に帰るから。

「ん？　何だ今の音」

「何か聞こえましたか？」

「いや、何か…」

触れてた手が止まる。

ドアが開いた時、一瞬期待した。そこにあの人の姿があることを。

だが入ってきたのは、品川だった。

「どうしたんです、品川さん？」

俺を含めた全員の視線が、品川に注がれた瞬間、品川が突き飛ばされるように部屋の中に倒れ込んだ。

「事務所ん中にスタジオ造ってりゃ、確かに足はつきにくいやなぁ」

この声…。

「笹子さん…！」

夢、なのかな。

だって彼がここに、こんなタイミングよく来てくれるはずがないって、さっき自分で納得したはずじゃないか。

でも、そこに立っていたのは彼だった。

「てめぇ、誰だ！」

「何してやがる！」

俺のことなど誰も見向きもせず、全員が彼に向き直る。

「うるせぇよ」

うざったそうに返す一言。

手にしていた鉄のパイプを肩に担ぐようにすると、いつも少し丸めている彼の背中が伸びる。

顎が上がって、背の高い彼が一同を見下ろす。

視線の端に俺を捕らえたのか、眉がピクリと震えたが、驚く様子も、心配する様子も見せない。

ただスッと目を細めただけだった。

「三和会がコソコソ裏ビデオ作って売ってんのは、一元会《いちげん》でももうわかってたんだよ。あとはここを突きとめるだけだった」

けれど声は低くなる。

「上に黙って小遣い稼ぎはいけねぇよな」

「てめぇにゃ関係ねぇだろ！」

「ああ？」

凄《すご》む野上の言葉に、笹子さんが手にしていた鉄パイプを壁に振り下ろす。壁には、大きな穴が開いた。

本物の鉄パイプだ。

「新参のチンピラが吠《ほ》えるんじゃねぇよ」

「貴様…。おい、お前ら。やっちまえ！」

「笹子さん！」

一斉に飛びかかる男達を、笹子さんは顔色一つ変えずにパイプで殴り飛ばした。

後藤がそのパイプにしがみつくと、足で顔を踏みつけ、引き剝がす。

野上が殴りかかると、その腹に容赦なく蹴りを入れる。

「くあ…っ」

蹴りの強さは、決して弱くはないであろう野上が一撃で倒れ、のたうち回ることでわかった。

「退け」

笹子さんが笠井に命じる。だが笠井はにやっと笑って彼に飛びかかった。

「ちょっとエモノ手にしただけで意気がるんじゃねえよ！」

笠井は簡単に鉄パイプを取り上げた。いや、笹子さんが簡単に手放したというべきだ。

勢い込んでパイプに摑みかかった笠井は、そのせいでバランスを崩して屈んだまま前にトットッと進んだ。

無防備に晒《さら》された背中に指を組んだ手が振り下ろされる。

その身体の下で膝蹴りを入れていたのが、笠井が倒れてからわかった。

「クソッ、相手は一人だろう、全員でかかれ！」

「止めろ！」

野上の号令を、やっと立ち上がった品川が止める。

「品川さん。何で止めるんです。こんなヤツ…！」

「まあ、止めとけ」

開いたままのドアから、新しい人物が入ってきた。

御山さんだ。笹子さんの部屋で会った、彼の友人だ。

その御山さんに後を任せるように、笹子さんは彼等に興味をなくし、俺に近づいた。

眉が顰《ひそ》められ、彼の手が俺の中からゆっくりとバイブを抜く。

「…う」

痛みを与えぬようにそっとしてくれたのだろうが、色々塗られたもので痛みのなくなった身体には、ぷつぷつと引き出される器具の感覚が強くなるだけだった。

「品川、勝手されちゃ困るなぁ」

「すみません、すみません。アガリはちゃんと上に収めるつもりで…」

「アガリ収めりゃいいってもんじゃねぇだろ？　それに、これで何本目だ？　何時収めてくれるつもりだったんだ？」

「それは…」

「ＤＶＤが出回ってるのは摑んでたって笹子が言ったろ？　何枚も押収してんだよ」

御山さんと男達の会話を聞きながら、笹子さんが俺の手を自由にする。

「痛むとこはあるか？」

「大丈夫…」

「着ろ」

脱がされた下着とズボンを渡されたので、俺はすぐにそれを身につけた。

声を上げて泣き出したいほど、ほっとしていた。手の届くところに彼がいるから、抱き着いてしまいたかった。

でも、ここでは自分が口をきけるような雰囲気ではなかったし、目の前で起こってることが理解できず、驚きすぎて何の反応もできなかった。

「ＤＶＤに映ってたそこのデカブツまでは辿ってたからな、あとは現場に踏み込むだけだった。笠井の後を追って、俺達はここまで来たんだぜ。お前も運が悪いよなあ、品川。笹子の可愛がってる子供に手を出すなんて」

「し…知らなかったんです。まさか笹子さんのお相手とは…」

「笹子ぉ、どうするぅ？」

御山さんは、わざの間延びした声で訊いた。

「好きにしろ。そっちは俺にはもう関係ねぇことだ。二度とこいつに手を出さねぇって約束すりゃあ、それでいい」

「もちろんです！　もう絶対、絶対。河北の借金もなかったことに…」

「それはいい」

「え、でも…」

「お前の言う『河北』は、隅っこに隠れてる男の方だろう？　俺はそんなヤツ知らねえからな。煮るなり焼くなり、お前達の好きにしろ。御山に絞られる憂さを晴らすのに使ってもいい」

考一は、まるで隠れているかのように、部屋の隅で丸くなっていた。隠れるものなんか、どこにもないのに。

笹子さんが近づくと、ビクッとしたように顔を上げて喚き始めた。

「俺じゃねぇ。野上さんが連れてこいって言うから仕方なく…」

それでも笹子さんの足は止まらず、考一の真ん前に立った。

「そいつは俺の弟だ。俺は亮司の実の兄貴なんだよ。好んでこんな酷い真似《まね》、させるわけがねえだろう？」

「言いたいことはそれだけか?」

「俺は悪く……」

まだ言い訳をしようとする考一の襟首を掴んで立たせると、笹子さんは容赦ない鉄拳をその顔に打ち込んだ。

「ひい……っ!」

無表情で、何度も何度も殴り続ける。

怒りが見えないことが、余計に彼を恐ろしく見せた。

「やめ……。ひ……っ」

腕で顔を庇《かば》っても、笹子さんの拳は的確に頬を狙い、考一はあっという間に顔を腫らし、唇や鼻から血を流した。

「笹子さん……! もういいよ!」

止めようとベッドから下りたが、足に力が入らずガクガクと崩れ落ちる。

「…もういい。もうかかわらなくていい」

「リョージ」

「帰りたい。…早く帰りたい……」

ボロ布を捨てるように考一を放し、最後にその腹に蹴りをくれると、彼は近づいて俺を抱き上げた。

「歩けるから…」

でも彼は降ろしてくれなかった。

「御山、借せ」

「ほらよ」

御山さんが投げたキーが、俺の腹の上に載る。

「品川。笹子は辞めた身だからこれで帰るが、俺はまだお前に話があるからな」

そんな御山さんのセリフを聞きながら、俺はその場を後にした。

遠巻きにする男達の中、ぐちゃぐちゃになった事務所を抜けて。

笹子さんと二人、あのアパートに帰るために…。


アパート前の路肩に車が停まると、笹子さんは先に降りて、また俺を抱き上げようと手を差し出した。

「自分で歩けるから」

「さっき腰が抜けてただろう」

「あれは驚いただけだから、平気」

手を断り、一歩足を地面につく。

その途端、腹に力が入り、何かがとろりと流れ出す感覚に動きが止まる。

「…う」

「痛むのか」

「違うけど…」

何が起こったかを説明しがたくて俯くと、問答無用で彼は俺をお姫様抱っこした。

「重いから…！」

と言ったのに、足でドアを閉め、階段を上ってゆく。

「車の鍵かけないと」

「キーレスエントリーだ。離れりゃ勝手にロックする」

彼は何故か不機嫌そうだった。

それも当然か。こんな迷惑をかけてしまったのだから。

ドアの前で降ろされ、鍵が開くとすぐまた抱き上げられて奥の寝室まで運ばれる。

ベッドの上へ降ろすと、彼は「脱げ」と命じた。

「怪我がないかどうか見てやる」

「…いい」

「いいことはねぇだろう。脱げ」

「いやだ」

だって、ズボンの中は、さっきの一歩で注ぎ込まれていた液体が零れでて、粗相をしたように濡れている。そんなの、恥ずかしくて見せられない。

でも、笹子さんは問答無用で俺のズボンを脱がせた。

「あ…！」

下着にも、脱がされたズボンにも濡れた染み。

「…中で射精されたのか」

「違う！　…そんなことされてません」

「ペニスを突っ込まれたわけじゃないんだな？」

直接的な言葉に、顔が赤らむ。

「はっきり答えろ！　何をされた」

恫喝《どうかつ》され、俺は渋々答えた。

「…ローション、入れられて…。だからこれはきっとそれだと…」

「それから？」

思い出す。あの時のことを。

「バイブレーターを…」

思い出したくもないのに。

「あの時入ってたヤツだな？」

言葉が出なくて、こくりと頷く。

「他には？」

「それだけ…。笹子さんが来てくれたから」

険しかった笹子さんの顔がわずかに緩み、長いタメ息と共に抱き締められた。

「よかった…」

強い力でぎゅっと抱き締められると、自分もようやく感覚が戻ってきた。

笹子さんの腕の中にいるんだ。これでもう自分は安全なんだ。そう思ったら涙が溢れた。気持ちが緩み、今更ながら耐えていた恐怖心に襲われる。

「さ…、笹子さん…」

自分も腕を回し、彼にしがみつく。

「笹子さん、笹子さん…」

手が震えて、力が入らない。

「怖かった。殺されるかもしれないって…。強姦するって、SMビデオ撮るって…」

わざとやってるのではないかと思うほど、ガクガクとした大きな震えは全身に広がる。

それを抑えるように彼が更に力を込める。

「でも我慢しようと思った。何をされても、終わったら笹子さんのところに帰れるんだって思って我慢しようって…」

喋り続ける俺の唇に、彼の唇が重なる。

言葉を途切れさせせない軽い触れ合いが、すぐに深い口づけに変わる。

「ん…」

キスして、欲しかった。

強く抱き締めて欲しかった。

求めて欲しかった。

それが今叶えられている。

唇は欠けた符丁が合うようにぴったりと合わさり、舌そのものが生き物であるかのように絡み合う。

二度目だから、キスの仕方はわかっていた。

いや、やり方を知ってるからじゃない。俺がこうしたいからしてるだけだ。心が、彼と絡み合うことを求めてるからだ。

この恐怖心を、彼だけが消し去ってくれるとわかっているから。

「もう待てない」

唇を離すと、彼が俺を押し倒した。

「大切にして、おとなしくしてる間に他人に取られるくらいなら、怖がられても嫌われても、お前を俺のものにする」

あの部屋に踏み込んできた時の笹子さんは、蒼白い炎のようだった。色のない、冷たい怒りをもっていた。

けれど今は違う。紅蓮《ぐれん》の炎、紅《あか》く熱い激情が見える。

男の欲望が。

「リョージ」

名前を呼ばれて、『ゾクリ』とした。

壁ごしの声を聞いた時の、彼が誰かを抱いてることを想像した時の、あの感覚と一緒だ。

「…怖くない。嫌ったりしない」

何だ。

最初から答えは出ていたのか。

この『ゾクリ』とした感覚は、俺が彼に欲情した証《あか》しだったのだ。

俺が笹子さんに『感じていた』証拠だったんだ。

「帰ったら、キスしてって言うつもりだった。抱いてって言うつもりだった」

真上から見下ろす彼の激しい目を、正面から見返すことができる。

だって、同じ気持ちだから。

「一生側にいたいって…」

真剣に言ったのに、彼は少しバカにしたようにくしゃっと顔を歪めた。

「ガキだな」

でもそれはバカにしたわけではなく、彼の喜びの表情なのだと、最後にクッと上がって笑みを作った唇の端でわかった。

「そういう時は、イかせてって言うんだ」

見惚れてしまうような色気のある男の笑顔で…。


怪我はしてないと言ったのに、確かめるからと言われてシャツを脱がされた。

誘拐される時に殴られはしたが、その後は拘束こそされたが暴力はふるわれなかったので、痣も何もなかった。

ただ、暴れた時に押さえつけられた足首と、枷をつけられた手首は赤くなっている。

笹子さんはそれに気づくと、赤くなった場所にキスして、舌で舐めた。

「くすぐったい…」

「くすぐったいだけか？　ならもっと本気でやらねぇとな」

ベロベロ舐めるんじゃなく、舌先だけを当ててスッとひいてゆく。しかも手首の内側、敏感な方を。

彼の思惑どおり、またゾクリとしてしまう。

「少し皮が剝けてんな。後で薬塗ってやる」

「うん…」

「こっちもな」

足首を取られ、そこも舐められる。

足首なんて、鈍感な場所なのに、彼が舌を見せながら舐めるのを見ると、鳥肌が立つ。

視線が、反応を確かめるように片方の足だけ持ち上げられ、見やすくなった俺の股間を見た。

反応はしていた。

でも彼はからかう様子もなく、脚を放すと、下着に手をかけてきた。

抱かれる、と決めたのだから恥ずかしいけれどされるままに協力して下着を脱ぐ。

「突っ込まれて痛かっただろう」

「そんなには」

「そんなには？」

「何か塗られてたから。弛緩剤？」

答えると、笹子さんはいきなりそこに指を入れた。

「い…っ」

痛むほどじゃないけど、びっくりして声を上げる。

「あ…」

指は中を探るようにゆっくり動いた。

「確かに、弛緩してるみたいだな。これも痛くねえんだな？　感覚はあるのか？」

「感覚はあるよ。少し変な感じ、痺れてるみたいな」

「注射か？」

「クリームみたいなの塗られて…。う…」

指が奥の方を突くから、思わず力を入れてしまう。

「入り口んとこだけか…。腹は立つが、初めてには丁度いい程度かもな。中にまだローションも残ってるし」

くちゃっ、と音がして中身をかき出される。

「だが少ないな」

「さっき出ちゃったから…」

「出ちゃった、か。煽《あお》るな」

「…そういう意味じゃないよ」

指、抜いてくれないんだろうか。

「まあいい、せいぜい煽ってくれ。煽られても、今日は我慢しないで済むんだから」

痛くないし、痺れる感じがするけど、ずっと弄られてると、奥の方が変な感じになってくる。

わざと…、なのかな。

「まるで…、今まで我慢してたみたいに…」

「してたさ。手当てして触ってる時や、パンツ一丁で飛び出してきた時や、メシ作ってる時の後ろ姿や。何時犯してやろうかと思ってた」

「う…そばっかり…」

「何で？」

バイブで奥まで貫かれた時より、彼の指の方が感じる。

身体が熱くなって、言葉が紡ぎにくくなってしまうほど。

「…誰かと…寝てた。声が聞こえて…」

「金で買ったヤツだ。少し抜いとかないと、本気で襲いそうだったからな」

よかった…。

あれは恋人じゃなかったんだ。俺より彼のことを知ってる人じゃなかったんだ。

「…笹子さん、もうそれ…」

「痛くねえんだろ？」

「でも…」

「ああ、他も触って欲しいのか」

「そうじゃ…。あ…っ！」

ビクン、と身体が跳ねる。

ゾクゾクして、思わず彼に向かって手を伸ばす。

「や…、何…？」

胸に触れ、シャツを摑むと、彼はにやっと笑った。

「ココか」

指は引き抜かれたが、身体の中がむずむずする。

これが、前立腺ってやつなのかも。

それを確かめる前に、彼の手が胸を触る。

「胸は触られたか？」

「…少し」

「どんなふうに？」

「どんなって…」

「こうか？」

指先が、軽く先をつねる。

「それともこうか？」

次に、手のひらを押しつけて先を転がす。

「ちょっと摘まれただけ。その後すぐに笹子さんが来てくれたから」

「ふぅん」

顔が胸に近づき、胸の先を含む。

「何を聞いても腹立たしいな」

舌で先を弄られ、吸い上げられる。

夢の中で、彼に胸を弄られたことを思い出す。あの時も、さっき笠井に摘まれた時も、胸で感じるなんてことはなかった。

男が胸を弄られたって、感じるようなことはないだろうと思っていた。

けれど、彼が左の胸を吸い上げ、指で右の胸を弄ると、もどかしいような疼きを感じ始める。

「う…」

男でも、胸を触られればこんなふうになるものなのか。

彼は、それを知っているのだ。

いつもやる気がなさそうにタバコを咥え、どちらかというと動きの緩慢な人なのに、今は舌だけがよく動き、細かい愛撫が加えられる。

微かな疼きは、やがて明確なものへと変わり、落ち着かなくさせる。

俺は彼に抱き着いていていいのだろうか？　それともこのままじっとして、彼のしたいようにさせる方がいいのだろうか。

女を抱くのなら、経験は乏しくてもやることはわかる。

欲望のままに手を動かしてれば、行為は成り立つ。

でもされる側になった時はどうすればいいのか。

「あ…」

キスするみたいに、乳首を唇だけで挟んで先を舌で撫でられる。

下半身には触れられていないのに、反応してゆくのがわかる。

焦《じ》れて、膝を擦り合わせる。

その動きに気づいて、彼の手が膝を押さえる。

動きを止めようというのではなく、軽く手が置かれるだけだ。けれど脚を動かすなと言われた気がして固まる。

彼の手が脚の間に滑り込むので、脚を開けという意味なのだろうと理解した。

恥ずかしいがそれに応えると、笹子さんの身体がその間に入った。

膨らみのない胸に与え続けられる愛撫に、だんだんと快感を覚えるようになっていたのに、彼はそこから顔を離した。

その顔が、下に移動する。

「笹子さん、そんな…！」

濡れた舌が、俺のモノを舐める。

「待って…」

と言ったのに、口がソコを含む。

「う…っ」

胸を弄られていた時にはもどかしい疼きだけだったのに、性器を口に含まれると、もっとダイレクトな快感に襲われる。

「そんなことしなくても…、あ…」

胸への刺激で既に半勃ちになっていたモノが、急速に硬さを増してゆく。

「まず勃起しなきゃダメだろう。男に抱かれることに慣れてるわけじゃないんだから」

「そうだけど…」

笹子さんにフェラチオされるなんて…。

「や…、ダメだよ…。俺…」

しかも上手い。

くねる舌が、強く、弱く、俺に絡みつく。

根元まで含まれて、吸い上げながら先へ。

先端の割れた鈴口を舐められ、硬く舌先を差し込まれると、痺れるような快感が走った。

「あ、あ、あ…」

耐えられなくて、彼の肩を掴む。

「離れて、…出るっ！」

「出せよ」

「や…、ホントに…っ」

引き剝がそうと手に力を入れたのだが、ダメだった。

「あ…イク…っ」

ぶるっ、と腰が震え、耐える間もなく射精する。

笹子さんは、顔を離さなかった。

「笹子さん、吐き出して！」

手でしっかりと押さえた俺を咥えたまま、吐き出した全てを呑み込んだ。しかも最後を吸い上げることまでした。

「う…」

自分でする時には、出してしまえば全て終わる。疼きも快感も治まる。

けれど離れない彼の舌が先を舐めると、また快感が呼び起こされた。

「や…ぁ…」

出して萎えたはずのモノに、また熱が宿る。

「笹子さん。離して…」

頼んだのに、彼はそこが硬さを取り戻すまで、ずっとしゃぶり続けた。

そのまま二度目の射精を望んでいたわけではないのだろう。ある程度まで勃起すると口を離してくれた。

「した直後のココは敏感だろう」

「笹子さん、俺のこと遊んでるでしょう…。俺、気持ちよくなりたいってだけで抱かれてるんじゃないのに」

恨みがましい目で見ると、彼は身体を起こした。

「気持ちよくなりたいだけじゃなかったら何なんだ？」

「何って…。もっとこう…」

「愛情とか、真剣にとかか？」

彼はベッドを下りて棚からコンドームとローションを取り出した。

彼がここで誰かを抱いたことがあるのなら当然なのだろうけれど、突然出されたものに複雑な気分になる。

この人がこんなものを持ってるんだ。今まで俺以外の人間に使ったんだ、と。

「青いな。それだけまだ手付かずだってことだから悪い気はしないが。男のヤる気と恋愛感情は別物だ。リョージのことは可愛いし、守ってやりてぇとも思う。だがこうして裸を見て肌に触れちまえば、俺なんかただのケダモノだ」

言いながら、彼はコンドームのパッケージを破って、俺のモノにクルクルと装着した。

「今のはお前が男相手でもイケるかどうか試してただけだ。一度イッたからって終わりにできるわけないだろう。ちゃんと戻しておかないとな、こいつもつけられない」

「どうして俺に…。笹子さん、挿入れられる方の人だったんですか？」

「…恐ろしいこと言うな。もちろんお前をぐちゃぐちゃに犯してやりたい方だ。だがこいつをつけとかないと、撒き散らかされてベッドが汚れるだろ」

「撒き散らかすなんて…」

「お前は若くて元気だからな。朝勃ちでトイレも狙いが定まらないいんじゃねぇか？」

「笹子さん！」

男同士だから、そんな話題も平気なはずなのに、この人から言われると恥ずかしい。

「まあそういうことだ」

彼が、自分の前を開ける。

開いたズボンの中から、硬くなったモノを引き出す。

夢の中では見ることのなかった、彼のモノだ。

「引くか？」

俺のと少し違う。

色も、形も、大きさも。

でも自分についてるのと同じものだというのに、それを見るだけで変な気持ちになって目を逸らす。

「ひ…引くわけじゃないですけど、恥ずかしいです」

「恥ずかしい、か。可愛いねぇ」

「可愛いって…」

「舐めろ、と言いたいが。今日は勘弁しといてやろう。楽しみは少しずつだ。脚、開け」

内股を叩かれるから、少し脚を開く。

「もっとだ」

覚悟を決めて、大きく開く。

顔を背けたままだったので、彼が何をしているのかわからなかったが、濡れた手が俺に触れたことでローションを使われたのだとわかった。

股間が濡れる。

液体を纏《まと》った指が後ろに伸びる。

その感触に、さっき無理やり中に注ぎ込まれたことを思い出して、一瞬身体が震える。

これは違う。

他のヤツじゃない。笹子さんだ。だから平気だ。

それを確かめるために視線を戻す。

「見てられるのか?」

自分の勃起したモノと、その向こうで脚の間に消える彼の手、屹立した彼のモノ。一直線上に全てが見える。

生々しくて、確かに『引いて』しまう。

「見る…。してるのは、笹子さんだから」

その一言で、彼は何か察したらしい。

「…そうだ。俺がお前を抱くんだ。お前は俺が好きなんだろう？　俺だって、お前が好きだから抱きたいんだ」

ボトルから零れるローションが、俺を濡らす。

「照れ臭《くせ》ぇが、言ってやるよ。若いお前にはまだこういうセリフが必要なんだろう」

指が中へ入ってくる。

まだ薬が効いているのか、ローションのせいなのか、痛みはない。

「愛してるからお前を抱く」

身体の中に入れられた指より、その一言が俺を切なくさせる。

意図せず、きゅっと彼の指を締めつけるほどに。

「これからは二度とあんな真似はさせねぇ」

ローションのボトルを置いて、彼が顔を寄せる。

「お前は俺のものだ」

首筋に噛みつかれるようなキスをされる。

「お前が嫌だって言っても、俺が逃がさねぇ」

指は中で動き、もう一方の手が腰骨を摩り、脇腹から胸に辿り着く。

「手に入れたら、離さないと決めてた」

どこもかしこも感じて、困ってしまう。

「この口でキスは嫌か？」

「…ど…して…？」

「お前のを飲んだから」

「…俺のでしょう。キスして欲しい」

「そうか」

首から顎へキスが移動する。

唇はそのまま重なるかと思ったのに、耳に移ってそこを舐める。

耳元で、いやらしい舌なめずりのような音がする。

「う…っ」

耳の穴に舌が差し込まれて、思わず声を上げた。

「握れ」

耳元で下される命令。

「この格好なら見ないで済むだろう。手を伸ばして、俺のペニスを握るんだ」

彼のシャツに沿って手を滑らせ、硬い身体に触れる。

更に手を伸ばすと、下生えの中の彼に触れた。

「あんまり強く握るなよ。そっと、ゆっくりだ。自分のをするみたいに」

自分のって…。そんなこと考えながらやったことがないからよくわからない。

でもここは急所でもあるわけだから、強くしない方がいいんだろう。

肉塊を感じながら、彼を両手で捕まえる。

「あ…」

してるのは俺なのに、自分が声を上げてしまう。

寂しいから、優しい人を望んでるわけじゃない。俺も、この人が欲しいんだ。でなければこんなこと、命じられたからと言って簡単にできるわけがない。

「ん…っ」

息が上がる。

何度も襲ってくるさざ波のような快感に耐える度、息が止まって呼吸が苦しくなってくる。

「ん…」

なのに彼が唇を塞ぐキスをするから、余計に苦しくなってしまう。

「苦し…」

「鼻で息しろ」

「してるけど…、苦しい…」

「しょうがねぇな」

唇が離れてゆく。

名残《なごり》惜しい気もするけれど、それで随分と呼吸が楽になる。

「もういい。手を離せ」

「ヘタ？」

「上手くはないな」

「…ごめん」

「いいさ、お前らしい」

指が引き抜かれ、また彼が身体を離す。

手が俯せになるように促す。

されるんだ。

夢ではなく現実に、彼を受け入れさせられるんだ。

ベッドに伏せて横たわる。

彼の手が、腰を抱く。

心臓が破裂しそうなほど鳴り響く。

最初はまた指だった。

けれどそれはすぐにいなくなり、硬いものが入り口に当てられる。

「膝を曲げて腰を高く上げろ」

それが彼のモノなのだと思うと緊張する。

「息を吐け」

言われて深呼吸をすると、合わせてそこが動く。

ぬるぬるとした感覚の中、ゆっくりと当てられる感覚。

「う…」

シーツを摑み、拳を握る。

「力を入れるな」

命じられても、今度は言うとおりにできなかった。したくないわけじゃない、身体がガチガチに固まって言うことを聞かないのだ。

それでも、彼はグッと押し入ってきた。

「く…っ、ん…ッ」

呼吸に合わせて収斂《しゅうれん》する場所に、異物。

「痛…っ」

肉が広げられる。

弛緩剤が塗られているはずなのに、めいっぱい広げられた入口にだんだんと痛みを感じてくる。効果が切れたのか、限界よりももっと大きいモノが入ってくるからか。そういえば効果の薄いものを使うとか言ってたから、そのせいかもしれない。

「う…」

じりじりと中に入れながら、彼は前も握った。

「あ…っ！」

やっぱりこっちの方が快感は強くて、コンドームごしでも手が与える感覚は差がなくて、どんどん快感が強くなる。

苦しい。

でも気持ちいい。

「あ…、や…」

呑み込むことのできない何かが、自分の中に入りかけてる。いっそ呑み込むことができればもっと楽なのかもしれないけれど、繋がったままずっとそこを圧迫し続ける。

「笹子さ…。苦し…」

痙攣《けいれん》するように、ソコが彼をぎゅっと締め付けた。

「もう我慢できねぇ…」

それが彼に刺激を与えたのだろう。笹子さんはそう言うと、グッと俺を貫いた。

「……ひっ！」

その後の感覚を言い表す言葉が見つからない。

痛くて、苦しくて、でも気持ちいい。

口も鼻も自由なのに、息がしにくい。

苦痛と快楽から逃れようと力を込めるのだけれど、手には力が入らず、逆に彼を咥えた場所だけが無意識に力が入る。

打ち込まれて、身体が揺れる。

揺れるから、平衡感覚がなくなる。

目眩がする。

「ん…、ん…っ。ふ…あ…っ。痛…っ、や…」

胸も触られてる。

痛いほど乳首を弄られてるけど、後ろの痛みの方が強くなって、よくわからない。

「あ…っ、ダメ…ッ！」

中で、彼が一点を狙って突き始めると、俺はもう力を入れることなどできなくなった。

「やだ…、い…っ。変…」

されるがままになる俺を好きに扱う、優しくない笹子さんの動き。

打ちつける肉の音さえ聞こえる。

手の感触が、セーブがきかないのかあちこちに痕を残すくらい強い力だ。胸も、腕も、腹も、腰も、アソコも。彼が触れたところが全部わかるくらい。

でもいい。

わけのわからなくなった頭でも、笹子さんを感じられていい。

「イク…」

「もうちょっと我慢しろ」

「無理…、気持ちよくて…」

握っていた前が、愛撫ではなく止めるために強く握られる。

でもそれでも我慢ができない。

「イッたらもう一度するぞ」

「いい…何度でも…だからイかせて…」

心配なんかしなくてよかった。

男に抱かれても気持ちよくなれるんだ。

彼も、ちゃんと俺で感じてるんだ。

「あ…、あ…、もう…っ！」

「笹子さん…っ！」

それを伝えるかのように、俺は彼でイッた。

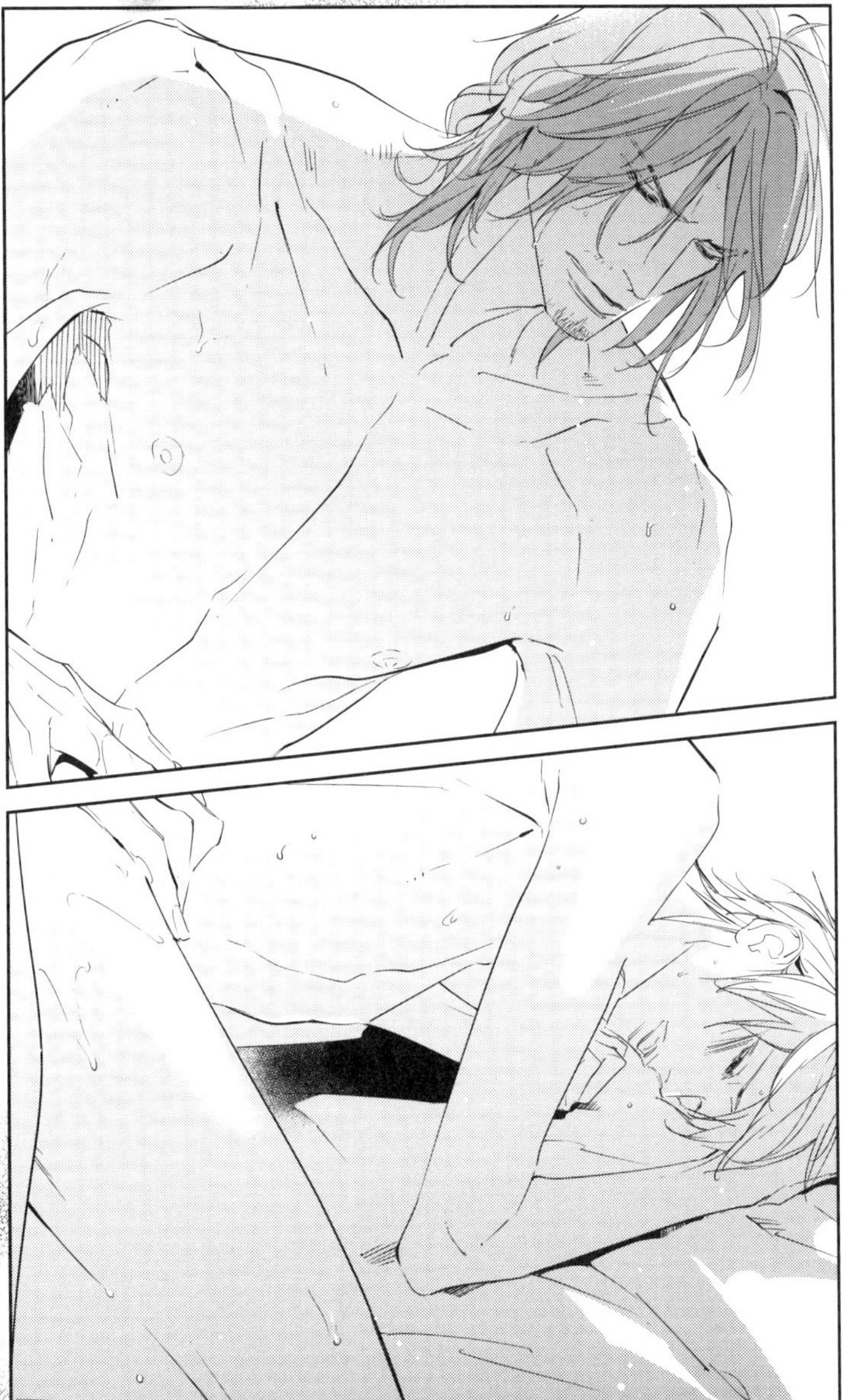

「あ……」

繋がったまま、意識を手放すほどの快感に声を上げて…。


目が覚めると、彼の手を借りて風呂場へ行った。

そこで後の処理の仕方を教えられて、お湯に浸けられた。

ぬるい湯にたっぷり浸かって、入る前より脱力してベッドへ戻されると、ベッドは新しいシーツに替えられていて、心地よかった。

「俺…、才能あるのかな…」

笹子さんは簡単にシャワーを浴びて、ベッドには入らず傍らでタバコを咥えた。

「そんなに痛くなかったし、気持ちよかった」

静かな部屋に彼の声。

「バカ。薬使われたって言ってただろう。そのせいだ。二回目は痛むぞ」

「そんなに痛い?」

「多分な。それでもヤるけどな」

「いいよ、笹子さんなら」

手が頭を撫でるから、俺はその手を捕まえてそっと握った。

「どうしてあの場所がわかったの？　笹子さんって何者？　御山さんってヤクザなの？」

彼はその手を俺に預けたまま、もう一方の手でタバコの灰を落とした。

「色々訊くんだな」

「もう訊いてもいいでしょう？　俺…、笹子さんのこと知りたい」

唇の上で、踊るようにタバコが動き、咥えたままで口の端から煙を吐き出す。

器用だな、と思った。

俺はタバコは吸わないけど、吸ってもこんなふうにはできないだろう。

「御山は一元会ってデカイ組のヤクザだ。若頭《わかがしら》をやってる。俺も昔はそこにいた」

もう何となく想像はついてたから、驚きは少なかった。

むしろ、あのスーツ姿を思い出して、何となく似合ってるとさえ思った。

「ちょっとした抗争があって、俺は怪我をした。あの背中の傷だ。今はもう大丈夫だが、当時は酷くてな。それに色々しがらみが絡んで、組を抜けたんだ」

「『にげきず』って何？」

「どこでそんなこと」

「前にここに泊まった時、聞こえた。電話してたのだと思う」

「背中の傷のことだ。逃げてる時に切られると、背中に傷がつくだろう。これは騙し討ちだが、メンツとプライドが命のヤクザにあって、逃げ傷はみっともねぇ傷なのさ」

『にげきず』は『逃げた時の傷』か。

「抜けたと言っても、縁が切れたわけじゃねぇ。小説家なんてやってても、時々は向こうの仕事を手伝ったりもしてた。ヤクザの肩書のない人間が必要な時もあるしな。御山が来た時のことを覚えてるんなら、あいつがＤＶＤ持ってきてたのも覚えてるか？」

「…何となく」

「あれは全部ゲイのエロビデオだ。最近一元会のシマで、誰かが勝手に裏ビデオ作ってるってことがわかってな。御山はゲイじゃねえから、俺に見てくれって持ってきたんだ」

「何で？」

「見てると気持ち悪くなるんだそうだ。あいつはノンケだから」

よかった。少し二人のことを疑ってたから、少しほっとする。

ＤＶＤ見てるだけで気持ちが悪くなるなら、寝たりしていないないだろう。

「見てるＤＶＤの中に、かなりエゲツないのがあって、そのうちの何枚かにあの男、笠井が映ってた」

どうエゲツないのかは訊かなくていいだろう。あの現場で聞いた彼等の会話で想像がつく。

「笠井の居所はつきとめてた。あいつの裏に三和会がいることも、すぐに調べがついた。…三和会ってのが、お前をさらった連中だ」

「さらった奴らの顔を知ってたの？」

「いいや。だがお前が叫んだから、すぐに飛び出して連中の車のナンバーが見れた。それですぐに御山に連絡取って調べさせたら、三和の持ち物だとわかった。連れ去るってのは、お前に用事があるってことだ。リョージは顔が可愛いからな、すぐにお前が使われると想像した」

握らせてもらってるだけだった手が、きゅっと俺の手を握る。

「笠井を張らせてた連中から、あいつが動き出したと聞いて、確信した。あの男を使ってお前を撮る気だってな。それで後を追って踏み込んだんだ」

「助けに来てくれる人なんていないと思ってた。気がついてくれても、警察に届けて捜してもらうには時間がかかるだろうって。でも、何をされても、笹子さんのところに帰ろうって思ってたよ。笹子さんならきっと待っててくれるって」

「遅くなって悪かったな」

もう一度、手が強く握られる。

「あいつらを、殺ってもよかった。もしお前が突っ込まれた後だったらそうしただろう」

本気…、なんだろう。

あの時の彼の様子では。

鉄パイプで人を殴るなんて、俺には考えられない。その感触を想像しただけで寒気がする。でもこの人にとっては、大したことではないのだ、きっと。

「今思い出しても腹が立つ」

「俺、もう平気だよ。殴られるのは慣れてるし、あんなの暴力に過ぎないから」

「慣れるな」

ピリッとした叱りつける声。

「…ごめん」

思わず首を竦めて謝罪してしまう。

怒られるようなことを言ったつもりはなかった、大丈夫と安心させるつもりだったのに。

しゅんとしていると、笹子さんは続けた。

「俺がお前に惚れたのは、お前が不幸を自覚していながら卑屈じゃなかったところだ。殴られても笑うし、貧乏でも甘えないし、真面目に働いてた。色気も感じたが、そういうところが気に入って手を貸してやった。だがな、辛い時は泣いても逃げても、助けを求めてもいいんだ。これからは俺が聞くから」

心臓が締めつけられる。

嬉しくて、泣きそうだ。

「俺はお前が求めていい相手なんだから」

彼はこちらを見て笑った。

とても優しい目で。

「だから慣れるな」

「うん…」

「それにしても、あいつらのせいで、暫く拘束プレイや器具は使えなくなった。試してみたいが、怖いだろ？」

本気じゃないのはわかっていたが、思わず顔が引きつる。

「…笹子さんがどうしてもって言うなら…頑張るけど」

「そうか？　じゃ今度試すか」

「…冗談でしょう？」

「いいんだろう？」

「いいけど…。もうちょっとしてからにしてください」

握っていた手が、するりと抜ける。

「冗談だよ」

彼はタバコを消して、俺の布団をかけ直した。

「さあ、もう他に訊きたいことがないなら、寝ろ」

「ん…」

ポンポン、と布団を叩かれて、目を閉じる。

近くにまだ彼の気配とタバコの匂い。

どんな時も、この人が自分を見ていてくれる。

心も身体も、何度も傷だらけになって、何度も挫《くじ》けそうになったけど、生きててよかった。

この人を好きになって、この人に好きになってもらえてよかった。


「お前、よっぽど頭に血が上ってたな、メモリーカード抜き取るの忘れてただろう。ほら、持ってきてやったぞ」

「見たのか？」

「俺が見るかよ。それよりヤッたのか？」

「車の中ではしなかった。帰るまで我慢したぞ」

「当たり前だ、誰の車だと思ってる」

お腹が空いた。

「それで、俺を呼びつけたのは車のキーを返すためだけじゃないんだろ？　事後報告が聞きたかったのか？」

喉も渇いた。

「それもある。が、もう一つ頼みたいことがあった」

身体がだるくてあちこち痛い。

「何だ？」

風呂に入った時はそんなでもなかったのに、一眠りしたら身体中の疲れが噴き出したような気分だ。

「まず先に、結果を教えろ。あのバカはどうした？」

「どのバカ？　全部バカだったじゃねぇか」

「じゃそのバカ全部だ」

声が聞こえる。

笹子さんと…、御山さん？

「品川は金で済ませた。指の一本も欲しいところだろうが、うちとしちゃ汚ねぇ指よりゲンナマのがいいからな。配下の野上達はちょっとシメといた」

聞き覚えのある名前に目を開ける。

隣室へ続くドアが開いていて、御山さんらしいスーツの肩だけが見えた。

「ちょっとか」

御山さんが、彼等のことを話してる。

あの後、どうしたのかを。

「お前、鉄パイプで殴打しただろ。あれ以上何しろってんだ。まだ使えば使える人材だ」

「笠井は」

平気だったはずなのに、その名前に身体が強ばる。

あそこにいた中で、あの男だけが、俺を本気でどうこうしようとしていた目をしていたから。

「使いものにならなくしたか？」

「ボーヤに使ったわけじゃないんだから、勘弁しろ。あいつは外人にくれてやった。サディストのバリタチだったからな、同じ部類の人間に渡した。趣旨替えすればシアワセだろうし、できなきゃ地獄だ」

「まああだな。で、河北は？」

「ボーヤの兄貴だろ？　どこまでやっていいものかとは思ったが、あの時のお前の態度からみて、懲らしめた方がいいかなと…」

「兄貴じゃない」

「兄弟じゃないのか？」

「来る度に、殴る蹴るで金はむしり取る。挙句の果てに弟を売り渡すような男だ。戸籍とは関係なく他人だ」

笹子さんの声に、わずかな怒りを感じて、嬉しかった。

自分が心配されてると思えて。

「オマケに、組の下っ端のクセして使い込みで穴開けて、クスリもやってた。ありゃ使い道も何もないな。泣きながら、俺だって誰より自分を愛してくれる人がいればこんな道に入らなかったとかボケかましやがって。俺はああいうしょうもない男は反吐《へど》が出るほど嫌いだね」

「同感だ。それで？」

「クスリやってなきゃ臓器取ってもよかったんだが、色々考えてラオスに送った。丁度前川ってのがあっちに行くっていうから雑用係にしろってくれてやったよ。パスポートは渡すなって言っといたから、帰ってこれないだろ。あとはまあ、俺達が知らなくてもいいんじゃねぇか？」

「まあよしとするか」

「ボーヤ、まだ寝てんのか？」

見えていた肩がひょいっと動いて御山さんの顔が覗く。

「疲れて寝てんだろう」

その顔と目が合う。

「起きてるぞ」

御山さんが言うと、動く気配がして、笹子さんが現れた。

いつもの、見慣れた顔だ。

怖くもないし、怒ってもいない。

「聞いてたのか？」

聞いていた。

全部ちゃんと。

でも俺はそれには答えなかった。

「…お腹空いて」

「運動したからな。起きれるなら起きてこい。御山が買ってきたメシがある」

「うん」

身体を起こすと、腰が痛んだ。

「薬が切れて痛むだろう」

途中で顔をしかめて動きを止めた俺を見て、彼は笑い、頭を撫でた。

痛みと違和感を我慢してベッドを下り、隣の部屋へ向かう。

御山さんは俺を見ると、「よう」と手を上げて挨拶してくれた。

「お前も大変だったな」

「あの…。色々お世話になりました。ありがとうございます」

「ふぅん。兄貴とは偉い違いだな。ま、気にするな。こっちの仕事のついでだから。それより腹減ってるんだろ。メシ食いな」

目上の人だからちゃんと座ろうとしたのだが、腰が痛くて正座ができない。

もたもたしてると、笹子さんがそこらにあった上着を丸めてクッションにしてくれた。

テーブルの上には、既に空っぽになった弁当の箱が二つ。それと同じものが俺の前に出される。

蓋《ふた》を開けると、見たこともないような豪華な焼き肉弁当だった。

「いただきます」

御山さんが買ってきたというから、彼に頭を下げると、御山さんにも頭を撫でられた。

「いい子だな」

大人の男って感じの二人に挟まれては、子供扱いの文句は言えないな。

それに、今は子供扱いされる方が何だかほっとする。

「御山、人のものに手を出すな」

「子供として褒めただけだろう。嫉妬深いやつだな」

「そいつはまだガキだから、優しくされるとなびくかもしれないだろ」

「そんなことありません！　俺、笹子さんが好きなんですから、他の人に…」

「もういい。ボーズ。俺の前でそういう話題をするな」

反論しかけた俺の口を、御山さんが塞ぐ。

この人、本当にこの手の話題が苦手なんだ。

笹子さんを見ると、彼は笑っていた。

「食え。腹減って起きたんだろ」

「はい」

厚いカルビの一切れを口に運ぶ。

「美味い…」

空腹のせいもあって、俺はガツガツと箸を動かした。

「いいね、子供らしい、いい食べっぷりだ」

俺が弁当を食べ始めると、二人はまた俺なんかいないみたいに会話を続けた。

「さて。まあ大体そんなような感じでこっちは決着がついた。それで？　お前の用事は？」

「ああ。来月引っ越しするから、色々手配頼む」

「ええ…っ！」

声を上げたのは御山さんではなく俺だ。

「引っ越しちゃうんですか？　遠くに？」

慌てる俺に向かって、笹子さんは当然のように言った。

「お前もな」

「え…？」

「一応カタはつけたとはいえ、ここにいると面倒なことがあるかもしれないし。一緒に暮らすには手狭だろ？」

「でも、俺、貯金とか全部兄貴に盗られて、引っ越し資金とかないです」

「俺が連れてくんだから、俺が出すに決まってるだろう」

「家賃とか…」

「家賃はない」

「だめですよ、そんなの。一緒に住むんなら折半しないと」

「俺の持ちものだから、家賃を払う必要がないと言ってるんだ」

「持ちもの？　笹子さんの？」

驚く俺の横で、御山さんが「本当に何にも教えてないんだな」と呟いた。

「ボーズ。お前、こいつが元ヤクザだって聞いたか？」

「あ、はい。さっき…」

「昨日、だ。今、朝だぞ」

笹子さんがチャチャを入れる。俺、そんなに寝てたのか。

「大きい組で重職について、親父庇って怪我してりゃ、稼ぎも退職金もたんまりだ。組員の時は条例で不動産が買えなかったが、足洗ってからマンション三つも買ったんだぞ」

み…、三つ？

「ええぇ…っ！　そ…、そんなにお金持ちなんですか？」

マンションって、そんなに安いもんじゃないだろう。

それを三つも？

「…面白いな、この子」

「こういうヤツだから、あんまり派手じゃない家具、揃《そろ》えて入れといてくれ。俺よりお前の方が趣味がいいだろ？」

「いいぜ。この子のために頼まれてやろう」

「ちょっと待ってください。家具揃えるって、買うってことですよね？　そんなもったいない」

突然そんなこと言われても困る。

だが、二人の間に割って入ろうとした俺を、笹子さんが抱きとめた。

「御山、もう帰っていいぞ。これ以上長居すると、見たくないもの見せるぞ」

「後でまた連絡する」

笹子さんが俺を胸に抱くと、御山さんはそそくさと立ち上がった。

「待ってください、御山さん。俺そんなの困ります…！」

腕の中から、去ってゆく御山さんに手を伸ばす。

「俺と住むのが困るのか？」

「そうじゃないです。でももし笹子さんが俺に飽きたら、俺は一人で立てなくなる。側にいて、愛してもらってるだけでも、それが終わった時が怖いのに。もし一緒に暮らして、甘やかされた後にそれが終わったら、俺は…」

立ち直れない。

彼を信じていないんじゃない。どんなことにも終わりがあるのを体験してきてしまったから、最悪の状況を考える癖がついてしまったのだ。

今は最高に幸せ。

笹子さんのことも信じてる。

でももしも、万が一、それにも終わりが来てしまったらと思うと怖い。

「くだらない心配をするな」

俺の不安を払拭《ふっしょく》するように与えられる言葉。

「自信が…、ないんです。ずっと好きでいてもらえる自信が」

腕が放さないというようにしっかりと俺を抱きかかえる。

「節度があるのも、夢見がちじゃないのもいいが、ネガティブすぎるのは考えものだな」

笹子さんは、顎を取って俺の目を覗き込んだ。

「俺はお前を甘やかすつもりはない。働きたければ働けばいい。お前が俺に捨てられることを怖がるなら、俺だってお前に逃げられるのが心配だ」

「そんな…」

「俺は元ヤクザで、傷モノで、オッサンだが、お前はまだ若くて前途がある。どう考えたって捨てられるのは俺だろう?」

「俺はそんなことしません」

「だったら、俺のことも信じろ。俺の惚れたお前自身も信じろ。終わりを恐れて俺から離れようとするな」

大切なものが、何度もこの手を擦り抜けたから。何度も奪われてきたから。

自分には幸福なんて訪れないいんじゃないかとさえ思った。

でもこの人なら、何があっても側にいてくれるかもしれない。

終わりのない幸福を与えてくれるかもしれない。

「それに、俺がお前を壁越しに想うことに疲れたんだ。隣の部屋じゃ、抱きたい時に抱き寄せることもできない」

思い悩んで答えを出すことが遅れたのを後悔したじゃないか。

もっと早く答えればよかったと後悔したじゃないか。

この人の側にいたいって。

「俺のものになるなら、俺の側にいろ」

だったら、傷つくことを恐れて、求めを拒むのは愚かかもしれない。

「…わかりました」

自分から、彼の腕を摑む。

もう一度不幸が訪れることがあったとしても、立てないほどの辛さが来るとしても。その日まで俺はこの人と一緒にいたい。

「側に置いてください」

それが一番の望みだ。

「リョージ」

「一緒に暮らします。だから…」

「だから？」

「もう二度と、他の人を部屋に呼ばないって、約束してください」

「お前が手に入るんなら」

たとえ何があっても、この手が欲しい。

激しいキスで俺を捉《とら》えるこの人が、俺の全てだから…。

あとがき

皆様初めまして、もしくはお久しぶりでございます。火崎勇《ひざきゆう》です。

この度は『傷だらけの恋情』をお手にとっていただき、ありがとうございます。

イラストの梨《なし》とりこ様、素敵なイラストありがとうございます。本当に色々とありがとうございました。そして担当のY様、T様、ありがとうございました。

今回のお話、いかがでしたでしょうか。ちょっと辛い部分もありますが、幸福な結末を迎えたということで、ご容赦ください。

リョージは『まっとう』な人間です。笹子《さきご》は、それが可愛くて、あわよくばを狙っていたわけですが、自分の素性と年齢を考えると一歩が踏み出せなかった。ある意味彼も純情？

なので仕方なく、足長おじさんの役に徹しようと思ってたのですが、リョージからのお誘いで我慢がきかなくなってしまったわけです。

あとがき

でもこうしてまとまったからには、我慢も何もなく好き勝手。

そうなると笹子は真性のケダモノなので、リョージの生活は大変なものになるかも。まあ、愛があるのでそれも幸せなんでしょうが。

これから先、二人は笹子の持ち物であるマンションに引っ越し、笹子は今まで通りライター兼御山《みやま》のお手伝い。リョージはそのまま居酒屋に勤めたいと言うのだけれど、笹子の勧めもあって料理学校に通うことに。

そのうち、笹子をオーナーにしてお店でも出すかも。

笹子の過去の関係でトラブルに巻き込まれることがあっても、一度は修羅場をくぐった子なので、リョージは笹子も驚くほどの根性見せてくれるでしょう。リョージはもう腹をくくっているので、笹子だけがいればどんなことにも立ち向かっていけるのです。業界トラブルとか、笹子の昔の男とか、普通にリョージにモーションかけて来る人とかも問題ナシです。

そして…、いっそ御山もこっちの世界に入ってしまえばいいのに、と心密かに思ってたりします。(笑)

それではそろそろ時間となりました。またの会う日を楽しみに。皆様ごきげんよう。

CROSS NOVELS既刊好評発売中

容姿端麗。頭脳明晰。将来有望
——なのに、家事能力はゼロ!?

好きなら一緒

火崎　勇　Illust みずかねりょう

営業マン・毛利の心のライバルは「成績トップで、顔良し、頭良し」と噂の同期・根岸。その根岸が同じ支社に異動してきたが、初対面の彼は無愛想で失礼な奴だった。更に対抗意識を燃やした毛利はある日、根岸の弱点を知ってしまう。それは家事能力の欠如!?　小さな子供を抱え、苦手な家事に苛つく男を見かねた毛利は協力することに。一緒にいる内に、根岸が実は不器用な性格なだけだと知った毛利は、彼に惹かれていくが……。不器用リーマン×家事万能リーマン×健気なちびっこのハートフルラブ♥

CROSS NOVELS既刊好評発売中

俺、お前のこと好きみたい

恋人になりたい

火崎 勇

Illust 六芦かえで

「好きだから、お前のことは何でも知りたい」
会社員の秋山は飲み会で出会った河乃と意気投合し、酔った勢いで触りっこに発展、二人で気持ち良くなってしまう。気まずさはあるものの嫌悪感がない自分に疑問を抱きつつ、仲良くなっていくが、やがてなんの変哲もない日々が河乃といることで楽しく幸せであることに気づく。しかし、河乃の心には、秋山には決して触れさせない部分があった。心を開かせようと奮闘する秋山だが、河乃からは冷たく拒絶されて!?

CROSS NOVELS

CROSS NOVELS既刊好評発売中

恋に堕ちるのは一瞬。

高望みなんてしない——見ているだけでよかったのに。

裏切る唇

火崎 勇

Illust 角田 緑

同級生の益岡への片想いを引きずったまま、彼と同じ会社に入った滝。素直になれず、ただ傍にいられたら、と。だが、一緒に仕事をすることになり、嬉しいのに意地を張った滝は、怒った益岡に無理やり達かされてしまう。怒りに任せた接触も、益岡が好きな滝の身体は甘く切なく疼いてしまい……。完全に嫌われた、そう思っていた滝に、何故か再び益岡は口づけてくる。彼の真意がわからない滝は、酔いつぶれて眠る益岡に最後のキスをしかけるのだが!?

CROSSNOVELS好評配信中！

携帯電話でもクロスノベルスが読める。電子書籍好評配信中!!
いつでもどこでも、気軽にお楽しみください♪

QRコードで簡単アクセス！

始まりはミステイク

火崎勇

近づくと、我慢ができない

ニューヨークのインテリアデザイン事務所で働く麻川界人は、日本支店の新規立ち上げに伴い、帰国することになる。それと同時に、離れて暮らす母が再婚し、界人に兄弟が出来た。だが、日々の仕事に忙殺され、義兄・東秀に会う機会を逃していた界人と彼を引き合わせたのは、皮肉にも「両親の事故の知らせ」だった。搬送先を聞くために東秀の家を訪れた界人。しかし、初めて会った義兄は蔑むような笑みを浮かべ、強引に口づけてきて⁉

illust かんべあきら

恋の眠る夜

火崎勇

ずっと一緒にいたいと思ってた。
でも欲しがっちゃいけないと思った。

ベストセラー作家として成功をおさめていた北園貴文は、十数年前に手酷い裏切りを経験した。狂おしい恋心を封じ、新しい土地での生活にようやく慣れてきた頃、彼の前に出版社の社長として現れたのは、かつての恋人・松平紅也だった。思いがけない再会に戸惑い動揺する北園に、松平は「話をしたい」と告げる。忘れたい過去に触れられることを頑なに拒んだ北園は、激情に駆られた松平によって強引に組み伏せられてしまい――⁉

illust 麻生海

好きには恋を

火崎勇

出会ったのは偶然、
愛したのは必然。

自身が勤める会社の社長に呼ばれた乃坂は、突然息子の家庭教師を頼まれる。大学に行かないと反抗しだした息子を説得してくれないかということだった。打算も働いた彼は、その依頼を承諾するが、紹介された息子は、数日前にホテルに誘われ、三万円で抱いた青年・一希だった。動揺しつつも、裕福に育った子供の反抗期だと思っていた乃坂だが、一希の時おり見せる孤独そうな表情は、単に反抗期だけだとは思えなくて……。

illust 街子マドカ

一秒でも世界は変わる

火崎勇

illust **高群保**

あんた、俺の事好きなの？

憧れていたデザイナーが所属する広告代理店に入社した翼。独創的なデザインをするその人の本性は、仕事は出来るが何かと自分にちょっかいをかけてくる厄介な人物だった。そんな男・無花果との攻防を続けていた翼は、ある朝目を覚まして呆然とする。裸の自分の隣で煙草を吸っているのは、なんとその無花果。昨夜の記憶はないものの、カラダには明らかな情事の跡……。問い詰める翼に無花果から放たれた一言は「ついうっかり」で!?

愛ゆえに束縛

柳まこと

illust **甲田イリヤ**

俺はお前に欲情する、それだけだ。

「——俺はお前に欲情する」
秀麗な医師・文人は勤務帰り、黒いベンツに待ち伏せされる。現れた男は、高校時代からの腐れ縁で、ヤクザの跡取り・寿蔵だった。彼の額に鋭く残る傷痕——それは離れることを赦さない束縛の証。かつて文人は、傷を負わせた償いとして一度だけ寿蔵に抱かれた。熱く逞しい身体に組み伏せられ、快感を深く刻み込まれた一夜は、今でも文人を惑わせる。そんなある日、文人は何者かに拉致されて!?

狂愛 ～不器用な恋のゆき先～

妃川螢

illust **藤井咲耶**

おまえを抱いていいのは俺だけだ。

愛することも愛されることも知らず、全てを拒絶して生きてきた優等生・友哉。その孤独な心をかき乱したのは、傲慢な同級生・祥羽だった。なにかにつけ反発してくる祥羽に、ある日友哉は、強引に唇を奪われてしまう。真意を読めない彼の行動に驚きを感じながらも、次第に変えられていく自分に、ただ戸惑うしかなかった。そんな時、別の男から抱きしめられている現場を見られた友哉は、激怒した祥羽に無理やり身体を拓かれて——!?

CROSS NOVELSをお買い上げいただき
ありがとうございます。
この本を読んだご意見・ご感想をお寄せください。
〒110-8625
東京都台東区東上野2-8-7　笠倉出版社
CROSS NOVELS 編集部
「火崎 勇先生」係／「梨とりこ先生」係

CROSS NOVELS

傷だらけの恋情

著者
火崎 勇

2014年3月23日　初版発行　検印廃止

発行者　笠倉伸夫
発行所　株式会社　笠倉出版社
〒110-8625　東京都台東区東上野2-8-7　笠倉ビル
[営業]TEL　03-4355-1110
FAX　03-4355-1109
[編集]TEL　03-4355-1103
FAX　03-5846-3493
http://www.kasakura.co.jp/
振替口座　00130-9-75686
印刷　株式会社　光邦
装丁　磯部亜希
ISBN　978-4-7730-8708-6
Printed in Japan